Sister Elizabeth ag Eitilt

Liam Ó Muirthile

Sister Elizabeth ag Eitilt

Liam Ó Muirthile

Tá Cois Life buíoch de Bhord na Leabhar Gaeilge agus den Chomhairle Ealaíon as a gcúnamh.

Foilsithe den chéad uair 2005 ag Cois Life

ISBN 1 901176 53 3

Clúdach agus dearadh: Eoin Stephens

Clódóirí: Betaprint Ltd.

www.coislife.ie

Clár

Nóta

Aonaid phróis atá sa chnuasach seo, portráidí den duine daonna den chuid is mó ar fad. Tá gaol gairid ag na dréachtaí leis an ngearrscéal, leis an seanchas agus leis an dán ach is lú is cás leis an údar go mór aon mhúnla liteartha ar leith ná go mbeidís soléite. Is é sin, go mbeadh léitheoirí, pé acu tearc nó líonmhar iad, gafa i ngníomh cruthaitheach na léitheoireachta chomh mór is atá an scríbhneoir leis an scríbhneoireacht. Foilsíodh leaganacha áirithe de chuid de na dréachtaí cheana, ach tá an cnuasach ar fad saothraithe agus tugtha chun críochnúlachta as an nua.

Liam Ó Muirthile
Feabhra 2005

Sister Elizabeth ag Eitilt

Shiúil an dearthóir teilifíse aníos White Street, an ceamara ina lámh aici, ag glacadh a thuilleadh fótagraf. Dhein an tsráid T beacht le Douglas Street ag an mbarr. D'fhan an dearthóir gur ghlan an ráig tráchta a bhí ag maolú cheana féin, agus sheas sí amach i lár na sráide chun radharc níos fearr a fháil síos suas Douglas Street. Gan ach beagán daoine amuigh agus deireadh fuadair na maidine déanta aige.

'Dá mbeadh Shakespeare ag scríobh inniu bheadh sé ag obair ar an teilifís', arsa Foley, go teanntásach. Léiritheoir teilifíse ba ea Daniel Foley féin.

Bhíomar seasta ar thaobh na sráide i lár bharr an T, radharc glan síos go bun na sráide agus ráille bhruach na habhann.

'An BBC?' a d'fhiafraíos.

'Á, *no way*. Le léiritheoir neamhspleách.'

'Bheadh an BBC róchoimeádach?'

'Ró-ró-... Ní bheadh Will mar a bhí.'

'Cad a d'imeodh ar Ariel nó Macbeth?'

'*Macbeth*...*screenplay* léirithe ag Hitchcock. *The Tempest* ar fad...tá sé róluath ar maidin a bheith ag cuimhneamh air sin anois. Níor mhór piúnt agus leathghloine agus leathanaigh na gcapall...*So*, is é seo an áit. Déarfainn Stoneybatter i mBaile Átha Cliath.'

'Ceantar Shráid Thomáis is mó a shamhlaím féin.'

'Gan aon Tailors' Hall, ná Guinness.'

'Saol na sráide. Búistéirí. Na gearrthaíocha saora feola. Siopaí beaga grósaeirí. Séipéil, sionagóg ansan thíos, seamlas a bhí, mainistir, clochar, tigh Chumann na gCarad...'

'An *dose* iomlán. Na pubanna. Cé mhéad acu atá ann ...?'

'N'fheadar ach beár don slua aerach is ea an ceann ansin thíos.'

'*Brogues*. Ní raibh sé sin ann led linnse?'

'Le muintir chara liom ba ea é, Sully's, bhímis ag rás ar *steeringa*, anuas an cnoc ansin thuas, Nicholas Hill.'

'Cad é sa foc, *steeringa*?... Rud-*ah* Corcaíoch eile...Cá bhfuil ár dtriall anois?'

'*Steeringa*, *kart* ar rothaí *ball bearings* a...'

'*You mean go-kart*...aon rud spéisiúil Beth?'

'Leeds nó Nottingham sna 1930í... Leac agus *Bowling Green 1773* greanta air. Dhéanfadh an litreoireacht *close-up*.'

Cnag, cnag, cnagadh, cnag, cnag... a bhfuaimrian ar an gcoincréit.

'An rachaimid chomh fada leis an seamlas a bhí?'

'Leanfaimid tusa.'

Chasamar síos isteach i lána dá raibh, mant eile a baineadh as an gcomharsanacht agus carrchlós ann. Bhí sé lán dá lán féin. Bhuail macalla liathróid dá dhéantús féin i gcoinne an fhalla a bhí. Sháigh scréachaíl na gréine a gathanna faobhair sna muca. Shlog oigheann na muc an seamlas ar fad ina chlab ón taobh istigh amach.

Bhí an dearthóir ag glacadh fótagraf i gcaitheamh an ama. Dhein sí a gnó gan fústar, bean ghairmiúil a raibh fios a ceirde aici. Sasanach, ní raibh an-chuid cainte aici. Casóga gearra leathair go vásta ar an mbeirt acu, saghas éide theilifíse. An bheirt acu dea-fháiscthe. An mhaidin geal, tirim.

'O.K.' arsa Foley, agus stop sé. Dhein sé fráma le cheithre mhéar idir an dá lámh san aer. D'fhéach tríd, *phan*áil é, agus d'aimsigh. D'fhéach tríd an bhfráma aeir. Cluiche ba ea an fhrámáil aige. Bheadh *set* á dhearadh bunaithe ar a raibh sa dráma agus ar an gcuairt ar an gcomharsanacht.

'Rolling', ar sé taobh thiar den fhráma.

'Anseo a bhí sé ach mar a chíonn sibh...'

Choinnigh sé an fráma agus ansin scaoil a mhéireanna. Straois air.

'...an foirgneamh brící dearga thíos an t-aon chuid de atá fágtha. B'in iad na hoifigí. Halla paróiste is ea anois é. Ón tsráid thall go dtí an tsráid ar an taobh eile anseo a bhí an seamlas, White Street go Rutland Street. Stáblaí capall na Copley's, stóras móna agus guail Pope's agus Sheehan's i Rutland Street. Shamhlaínn macalla na gcrúb ag sodar as an sloinne féin. *Capallaíos.* Simné ard brící dearga ansin thall ag brúchtadh deataigh os cionn an cheantair. Lána idir dhá thaobh na monarchan an áit go bhfuilimid, faid síneadh mo dhá ghéag. Lunham's Lane….'

D'imigh bean an cheamara léi ag breathnú ar an bhfoirgneamh brící dearga.

'…bhímis ag iomáint anseo, síos suas, agus ag súgradh *One-Two-Three the Book is Read* leis na cailíní. Cuimhin liom dreapadh in airde ar *downpipe* lá chun teacht ar liathróid iomána, agus í a tharraingt amach, báite i bhfuil. Faic ach í a bhualadh in aghaidh an fhalla. Rianta fola na liathróide ar an bhfalla aoldaite. Siopa bearbóirí a bhí ansin ar an gcúinne nach bhfuil ann, triúr deartháireacha ann, *The Three Pigs* mar leasainm orthu, strapaí fada leathair faobhair do na rásúir *cut-throat* agus fótagraif ar na fallaí d'fhoireann sacair Cork Athletic sular tugadh Cork Hibs orthu…'

'Shelbourne ba ea m'fhoireann-sa', ar seisean, 'agus Big Ben Hannigan an laoch. Bhí an-chluichí acu in aghaidh Cork Celtic. Bhí Wiggy ag imirt do Cork Celtic an uair úd.'

'Wiggington. Sasanach.'

'Bhain sé barrthuisle as Ben lá agus arsa fear i m'aice, "*Go home outa that Wiggy ya fuckin' dirty culchie.*"'

'Cuimhin liom féin fótagraf de Man United i *chipper* Mattie Kiely, síos an tsráid… tubaist Munich…fáinní dubha timpeall ar chloigne na n-imreoirí go léir a fuair bás. É istigh ar chúl, taobh leis na lanna Mac's Smile. Bhraitheas riamh go raibh gaol gairid idir Mac an Gháire agus Matt the Chipper...'

'*I get the picture.* Ó Bhaile Átha Cliath ba ea duine d'imreoirí Man U, Billy Whelan.'

'An mar sin é?'

Bhí Shels fós ar an bpáirc. In aghaidh Cork pé rud.

'An rud nach féidir liom a chur in iúl ná na bolaithe. Boladh an bháis. An fhuil. An abhainn. Boladh na tuile.'

'B'fhearr ligint don lucht féachana cuid éigin dá samhlaíocht a úsáid. Má tá a leithéid fágtha acu.'

Bhí sí féin ar ais. Bhain sí spól as an gceamara agus chuir ceann eile isteach ann go haclaí. Mála aici ar a gualainn agus leabhar sceitseála. Bhreac nótaí. D'fhanamar ag féachaint uirthi.

'An bhfuil sé róluath dul sa phub?...A deich ar maidin', arsa Foley.

'An bhfuil deoch uait?'

'Ní dhiúltóinn dó. Cad fút fhéin?'

'Nílim ag ól.'

'*Jaysus*, mheasas go ndéanfadh sé lá óil.'

'D'ólfainn muga tae.'

'Beth?'

'Caife.'

'Triailfimid an pub más maith leat, féachaint an bhfuil éinne ann. Seans go bhfuil fear an tí istigh, tá cónaí air in airde staighre', a dúrtsa.

'*I'm on for that*', ar seisean.

'Buailfeadsa ar aghaidh suas an tsráid', arsa an dearthóir. 'Ba mhaith liom roinnt *shop fronts* a ghlacadh. Tá an chomharsanacht seo glan go fóill ar an saol plaisteach.'

'OK, mar sin, buailfimd leat i gceann leathuair an chloig ag an bpub... *The Gables* nach ea?'

'Is ea.'

Bhogamar beirt ar ais suas an lána nach raibh ann agus d'imigh sí féin léi.

Comharsanacht dhlúth chathrach a bhí inti, gréasán sráideanna cónaitheacha agus trádála ag luí le géag theas na Laoi. Ceantar ársa a bhí ag feitheamh le lámh thuisceanach na hathnuachana, ba thráth fós é chun teacht ar chuid de shaol a bhí ar tí dul as. Bhí doirse na dtithe cónaitheacha ar fad ar aghaidh na sráide, agus oiread den tsráid sna tithe agus a bhí de na tithe sa tsráid. Ceantar cathrach tuaithe ba ea Douglas Street, na canúintí ramhra tuaithe agus an chaint chóngarach chathrach ina bplúr donn agus bán san aon chíste aráin amháin. Sean-arán ba ea anois é, agus míolta tríd le haimsir. Na tithe agus na siopaí gan a bheith ar aon airde ná ar aon ghné, luíodar isteach le chéile mar a d'fháiscfeadh daoine muinteartha a ngéaga lena chéile in aon leaba. Aimsir thuile san abhainn, sceitheadh an t-uisce thar bruach agus líonadh sna lánaí agus sna sráideanna. Bhí cead a chinn ag an uisce dul in aon áit, á mheabhrú gur bhain na sráideanna leis an abhainn riamh. Laethanta brothaill sa samhradh líonadh an chomharsanacht ar fad le boladh goirt na habhann, á mheabhrú arís gur bhain an abhainn riamh leis na sráideanna sa tslí gur dhóigh le duine go raibh saol iomlán á chaitheamh iontu i ngeall leis an uisce. Ba é mo Dodge City féin é i mo gharsún dom, mapa greanta a d'osclaíodh an taobh istigh den chroí.

Duine de ghlúin na Seascaidí luatha ba ea Daniel Foley féin a scuab isteach i saol nua na teilifíse. Taithí fhada aige ar dhrámaíocht an scáileáin. Bhí sé anois le scaitheamh ag plé le sóp seachtainiúil. Teannas air. Shiúlamar linn. É féin ar meánairde, caol ina chorp, a fholt fada ag liathadh agus é sna daichidí déanacha. Fear taghdach, cumasach agus snua fuiscí air. Bhaineamar barr White Street amach arís.

'Trasna ó *The Gables,* ansiúd thall an tigh gur saolaíodh Frank O'Connor. Tháinig oibrithe lá chun leac chuimhneacháin a chrochadh ar an bhfalla, ní fadó ó shin é. Oibrithe Bardais, bhí an bheirt acu leath an lae ag gabháil den leac. Tamall ag stánadh, ag tomhas, tamall ag druileáil, tamall ag triail boltaí éagsúla. Iad ag seasamh siar ansin ag iniúchadh an fhalla. Cónanna oibre agus téip bhuí acu. Daoine ag gabháil thar bráid sa tsráid agus an casán fúthu féin. Pé cleas a tharraingíodar chucu ní choimeádfadh na boltaí an leac in airde, bhí an plástar róbhog. Thógadar staic mhór de bholta amach as an mála, ceithre cinn acu a chuirfeá i gcliathán loinge. Bhí acu, mar a mheasadar. Druileáil arís, agus an chuid ba dhaingne den fhalla a aimsiú. Faoin tráth seo bhí an falla ar nós criathair, agus cnapáin mhóra plástair ar an gcasán. Leac práis. Bhí an jab déanta. An bheirt sásta. Bhí fústráil na beirte braite ag fear *The Gables* ón taobh istigh, agus leathshúil á caitheamh aige ó am go chéile tríd an bhfuinneog orthu ón taobh thall.

'Amach leis ar an gcasán ag féachaint ar an jab a bhí déanta. An chéad rud eile, thit an leac agus ba dhóbair dó an ceann a bhaint de dhuine acu. Thug an leac cnapán mór eile den phlástar leis anuas ar an gcasán. Bhíodar i ngalar na gcás. Chuaigh fear *The Gables* sall chucu agus dhein sé tamall cainte leo. Bhí breacaithne aige orthu ón mbeár.

'"Tá maidin mhór oibre déanta agaibh", ar seisean leo, "tá's agam go maith é ó bheith ag féachaint oraibh. Tá an tigh sin ag titim as a chéile, tá's ag gach éinne sa tsráid é sin. Níor cheart dul in aice leis. É a leagadh ar fad, sin é ba chóir a dhéanamh leis."

'Bhí gach aon eascaine ag an mbeirt.

'"Bhfuil a fhios agaibh cad a dhéanfaidh sibh anois?" ar seisean leo. "Tóg sos, leaids. Tar isteach anseo chugam sa bheár go seasóidh mé deoch daoibh."

'Ní raibh an tarna lua ar dheoch ón mbeirt. É ina am lóin go hard. Isteach le mo bheirt leis an leac. Chaitheadar na huirlisí sa veain. Leagadar uathu an leac.

'"Tabharfadsa aire mhaith dó san taobh istigh den chuntar", arsa fear an tí.

'Gan húm ná hám as mo bheirt. D'óladar deoch agus cúig cinn ar an tigh. Bhogadar amach i gcaitheamh an ólacháin gan amhras. Scrúdaíodar an leac, agus an scríbhinn. Bhí caint acu ar O'Connor. Dá fheabhas é O'Connor, is ea ba mheasa an Bardas agus cuimhneamh ar leac a chrochadh ar thigh gur dhóbair go leagfadh a *weight* é. Bhíodar ar aon fhocal go raibh an tigh ag titim as a chéile. Bhí moladh ag fear an tí. An leac a chrochadh ar an tigh taobh leis an bpub. Bhí an falla daingean. An tigh tréigthe. Thángadar ar réiteach. N'fheadar an raibh airgead i gceist sa réiteach chomh maith leis an deoch. Chaitheadar siar deoch eile ar an réiteach agus bhí an leac crochta acu in imeacht leathuair an chloig. D'imigh mo bheirt leo go sásta tar éis deochanna an dorais a ól. Bhí an tigh béal dorais ceannaithe ag *The Gables*. Leagadh é. Dhein fear an tí cuid den bheár de. Tá Frank O'Connor Lounge anois aige agus an leac in airde, ansin, féach thuas é.'

'Is dócha go bhfuil bosca faoistine istigh ann.'

'Níl éinne istigh ann má tá', a dúrt, ag féachaint isteach an fhuinneog.

'Caithfimid é a fhágaint go fóill mar sin', ar sé.

'Beidh sé oscailte faoin am a bheidh an reilig siúlta againn.'

'Mheasas go mbeadh sé oscailte faoin am a bheadh do scéal críochnaithe agat. ...B'fhearr an deoch a dhearmad ar fad muna bhfuil an bheirt againn ag ól.'

Shiúlamar ar aghaidh. Bhuaileamar leis an dearthóir gan choinne sa tsráid agus bhaineamar amach an tseanreilig ar chúl na dtithe, príomhláthair an dráma. Bhí an reilig, leis, glanta. Ardán déanta ina lár agus na leacacha leibhéalta. Roinnt binsí. Triúr fear ag caitheamh siar ar cheann acu, greim fáiscthe acu ar scrogall buidéil. An scrogall i gceannas.

'Táimid ar ard éigin anseo, mar sin', arsa an léiritheoir, agus é ag breithniú an phanorama lárchathrach.

Radharc ar dhíonta tithe, ar fhothrach sheanmhainistir an *Red Abbey* ag gobadh aníos ina starrfhiacail os a gcionn. Dhein sé cleas na frámála arís. D'imigh an dearthóir ag siúl sa chill.

Ní stair áitiúil a bhí uaidh. Fráma. *Lawna*. Lána. Lána *Lawna* ar maos i bhfuil.

'Ar léigh tú an script fós?'

'Bhíos an-ghnóthach. Tá siad á rá go bhfuil seans an-mhaith againn an Eurovision a bhuachaint i mbliana. Má dheineann, beidh an-éileamh ar na hacmhainní ar fad sa stáisiún. Stiúidiónna, dearadh, fuaim, tógáil *set*anna, gan ceamaraí a bhac. Chífimid...'

'*Any chance of a few bob, I'm trying to get the price of breakfast together*', arsa an guth laistiar. Fear óg, caipín *baseball*, log na súl ar chuma dhá pholl bháite ina cheann. An bheirt eile ar an mbinse ag faire.

'What part of the city are you from?'

'Togher. Gi's a few bob will ya?'

'There's enough to get you breakfast', arsa Foley ag tabhairt síntiúis dó.

'What are you on?' a d'fhiafraíos de nuair a shín sé a lámh chugam.

'Everything.'

'That's honest.'

Chomhairigh sé lena shúile báite an briseadh ina lámh, agus d'imigh leis. D'éirigh an triúr ón mbinse agus ghlanadar leo.

Chorraigh brus buí na seanchnámh sa chré. A smionagar cainte féin acu ach éisteacht. Gutaí fada carntha ina gcual cnámh. 'Á-nna' agus 'Ú-nna' gan chreill. 'Cá'il mo chnámh droma uaim go gcuirfidh mé orm mo ghúna?' Iad cartaithe soir siar, ba chuma dhóibh é. 'Cá'il mo ghloiní uaim?' óna corrán géill. 'Fhéach, fhéach Dan', arsa cnámharlach amháin leis an gceann eile. Lorg na coise ar talamh. Lorg na mianta deataigh san aer. Lorg na gcnámh. Ceol na gcnámh gan smior. Bior beo sa bheo. An ghlámh dhígeann. É go léir, léir smeartha acu. Ní bhia mar do bhoí. Fós tá. Lorg na marbh sa bheo. Iad go léir ionainn. Ionann. Ceol a mbeo agus ceol a marbh. Síneann siad a ngéaga cnámh san aer. Ag *rattl*áil a dtar i leith lena méireanna. B'in géag fhada chnámhach amháin.

Phreab ceann eile. Iad ag preabadh aníos ar nós púcaí peill. D'éiríodar amach as a bpoll cré. D'ardaigh iad féin ón talamh agus shearr agus shín a raibh ann dá ngéaga cnámhacha. 'Cá'il mo loirgní uaim go bhfeisteoidh mé iad?'. 'Ab in í mo cholainn a scaradh liom is mé ar sparra an Gheata Theas? Ó, mhuise, mo cheann cipín.' Loganna folmha na súl, is fós radharc acu amach astu. Gimidí agus ioscaidí ag rás ar an bhfaiche. Cuid acu ag déanamh *tango* na gcnámh. Gaoth an cheoil ag seoladh trí chuas na láirige. Murarbh é ceol na gaoithe é, ba chuma cé acu. A thuilleadh acu ag iomáint. Cnámharlach sínte siar ag léamh an pháipéir. Cnámharlach ag rámhaíocht ar muir chré. Píp ina chab. 'Ó, a dhaoine muinteartha gur thugas grá mo chléibh daoibh...' Madraí cnámh agus cait chnámh. An dream a daoradh. Gach éinne is a scéal féin aige. Ach éisteacht...

'Anseo a bhíodh an tine chnámh Oíche Shin Seáin. Lasracha go hard san aer. Scamall deataigh ó na *tyre*anna. Buidéil á gcaitheamh siar. Slua amuigh, dream óg. Ní raibh an áit leath chomh cóirithe is atá inniu. Saghas *dirt-track* fairsing glanta ag cosa daoine. Neantóga, leacacha, plaoscanna ainmhithe agus plaosc duine nó dhó ach iad a thochailt, bhí dún in adhmad tearráilte ansan thall againne agus d'fhéadfá seasamh in airde taobh thiar de agus féachaint amach ar an saol. Mar a bheadh *Fort* sna Westerns, na hIndiaigh amuigh anseo. *Scrapyard* agus stóras *tyre*anna ansan thíos. Le Giúdaigh ba ea é. Radharc isteach i gclósanna cúil na dtithe. Ceann de na háiteanna úd i gcúl an chinn a thugann tú leat i gcaitheamh do shaoil...'

'Tá gramadach dá cuid féin ag an teilifís', ar sé go mífhoighneach. '*Background* ar fad atá anseo. Cuimhnigh nach bhfuil i bhfráma amháin ach mionsamhail den mhórscála go léir', ar sé, ag crochadh fráma na méireanna an athuair.

'Tabharfaidh cúpla *tyre* agus píobáin chopair isteach i *scrapyard* tú. Fág an *visualisation* fúinne', a dúirt sé tríd an bhfráma aeir.

'Bhfuil aon áit anseo timpeall chun greim bia a fháil?'

'Caithfidh tú dul isteach i dtreo lár na cathrach. Trasna na habhann.'

'Seo linn mar sin.'

'Tá sé i bhfad róluath domsa.'

'Buailfimid leat arís i gceann cúpla uair an chloig mar sin.'

* * *

Bhí ardghiúmar ar Foley nuair a d'fhill sé. Bhí cuairt tugtha ag Beth ar ghailearaí ealaíne, í ag trácht ar *Men of the South* agus an gaol a bhí aige leis an bhfótagraf. Geallghlacadóir agus tábhairne taobh le chéile a bhí aimsithe ag Foley i lár an bhaile. Bhí a shúile ar lasadh ina cheann. An teannas imithe agus é istigh ina chorp féin arís.

'An bhfuil fótagraif ar bith den cheantar aimsithe ó shin agat?' a d'fhiafraigh sé.

'Chuardaíos sa leabharlann ach níl aon rud le dealramh ann. Bhí an ceantar ar leataobh ó shaol gnó na cathrach.'

'Cá rachaimid anois más ea?'

'B'fhéidir go mbainfimis triail as an gclochar thuas, Clochar na Toirbhirte. Seans maith go bhfuil pictiúirí acu siúd den cheantar.'

'An rabhais ar scoil ag na mná rialta?'

'Bhíos, ach níor thugas cuairt orthu le breis is tríocha bliain.'

'Tá sé chomh maith bogadh mar sin.'

D'fhéach an bhean rialta a d'fhreagair an doras go scáfar ar an triúr againn ar dtús, ach nuair a mhínigh Foley ár gcúram di scaoil sí isteach sa pharlús sinn, fad a chuaigh sí féin ag triall ar an bPríomhoide.

Bean chroíúil ba ea an Príomhoide agus ghabh sí a leithscéal mar gheall ar aon doicheall. Bhíodar cráite, a dúirt sí, ag bligeardaithe a bhí ag briseadh isteach gan stad sa chlochar. Gan garraíodóir féin ná fear faire acu chun iad a choimeád ó dhoras, chaitheadar na doirse a chur faoi ghlas leis an gclapsholas. Ní shásódh aon ní í ach go rachaimis go dtí an seomra bia chun bualadh leis na mná rialta eile agus tae a ól. Nuair a mhínigh Foley dóibh go rabhas ar scoil ann, agus go raibh dráma bunaithe ar imeachtaí Oíche Shin Seáin le déanamh, bhraitheas gur dhuine de na liairní sráide mé féin a bhí seolta isteach chucu.

Chuireas tuairisc na múinteoirí go léir a bhféadfainn cuimhneamh orthu agus lena linn d'fhiafraíos an raibh Sister Colmcille fós ina beatha. Samhlaíodh i m'óige dom gur dhuine de na cailleacha dubha ba ea í faoi aibíd agus chrios. Bhí sí againn don rang Chéad

Chomaoineach. Ní hamháin go raibh sí ina beatha ach bhí sí chomh láidir agus a bhí riamh agus í os cionn ceithre fichid, a dúradh. Chuireadar fios uirthi aníos as póirsí an chlochair.

Bean bheag íseal chaol dhubh, shuigh sí ag an mbord inár dteannta go mánla, gan ach meáchan cleite ina cual cnámh. Ní raibh a fhios agam an mise nó ise a bhí tar éis tuirlingt ó phláinéad eile. Spúnóg mhór adhmaid ina lámh sa rang fadó, fáinne garsún a bhíodh ar iarraidh go rialta ón scoil cruinnithe aici ag barr an ranga, í ag corraíl i lár an fháinne, agus an rang ar fad ag cantaireacht: *'Sugar lumps, sugar lumps, where have you been?'*

Choimeád Foley caint leis na mná rialta. Bhí míle ceist acu air i dtaobh na gcarachtar agus na n-aisteoirí sa sóp seachtainiúil a raibh baint aige leis. Ba é an sóp ab fhearr leo féin é sa Chlochar gach oíche Dhomhnaigh. Chuir sé ag sciotaíl iad le biadán agus le scéalta ón *set*.

D'éiríodh na mná rialta amach in aibíd bhán tar éis troscadh agus paidreoireacht na *quarante heures* sa ghairdín cúil agus an t-aer tiubh le bolaithe. Garsúin ag freastal orthu faoi chlócaí veilvit le babhlaí airgid lán de pheitil rósanna. Iad á scaipeadh go héadrom ar na mná rialta. Cumhracht úr na rósanna sa ghairdín, ar snámh ar an gcantaireacht san aer. Túis á dó, á leathadh ina néalta agus na slabhraí ag baint ceoil as mias na túise.

Bhí tuairisc curtha againn ar phictiúir den chomharsanacht sna Caogaidí ach ní raibh a leithéid sa Chlochar.

'Ach tá fótagraf ag Sister Colmcille de gach rang Comaoineach dá raibh riamh aici', arsa an Príomhoide. Chuir sí siúr eile ag triall orthu.

Bean rialta mhór ard eile, Sister Elizabeth, a bhfuaireas a boladh cumhra ó m'óige. Crios leathair agus clocha adhmaid paidrín ag cnagadh le dithneas siúil. A haghaidh gan a bheith soiléir, ach a boladh, saghas milseachta nár shiúcra ach cumhracht bhanúil. Bhíos báite ina cumhracht riamh agus anois. Shín sí a lámh tharam ag breacadh litreacha le cailc ar an scláta ar an mbinse.

D'fhill an bhean rialta le carn na bhfótagraf. Beart acu i gclúdach donn. Sister Colmcille á n-oscailt, bliain i ndiaidh bliana. 1958? Ní raibh sé ann. An rabhas cinnte gur 1958 ba ea é? Ní raibh na blianta ar chúl gach fótagraif díobh agus d'fhéachamar tríd an mbeart ar fad siar go dtí na Daichidí. Thángamar ar 1958, fáiscthe sna Seascaidí, agus b'iúd an pictiúr den rang againn os comhair an ghrottó. Dhá aingeal bhána lena sciatháin crochta san aer ag dhá cheann an ghrottó. Bhíodh na hAingil Choimhdeachta, leis, ar foluain os cionn an ghairdín. Bhí Aingeal Coimhdeachta ag an uile dhuine, a mhúineadar dúinn. Tháinig tocht orm go boinn na gcos. An chulaith nua a chuir m'athair á dhéanamh dom ag an táilliúir. Culaith *tawneen* as ceann de na cúlsráideanna síos in aice le Prince's Street. Pé breall a bhí orm timpeall ar fhocail thuigeas ar feadh i bhfad gur culaith *táirnín,* éisc bheaga ó Loch na cathrach, a bhí inti.

'Agus nach bhfuil aon chóip agat féin de?' a d'fhiafraigh an Príomhoide.

'Níl.'

'Tabharfaimid ar iasacht duit é chun cóip a dhéanamh de.'

'An cuimhin leat aon duine eile sa rang, Sister Colmcille?' a d'fhiafraigh sí.

'Níl na hainmneacha agam.'

Bhí a cuimhne agus a guth ag teip agus creathán ina glór. Ceol aitheantais lena saol ag dul as ba ea na fótagraif de na ranganna Chéad Chomaoineach.

D'fhéachas ar shraith na bpictiúr arís le fiosracht. Bhí bean rialta eile i gceann de na pictiúir ó na Seascaidí ar thaobh na láimhe clé, bean mhór ard agus an ceann bainte di go tuathalach le lann. Sister Elizabeth, a chaith sé, ba í a thug cócó dúinn ag an mbéile sa chlochar tar éis na Chéad Chomaoineach. Tar éis a ceann a bhaint bhí sciatháin an aingil laistiar ag leathadh amach as a guaillí. Sea, bhí Sister Colmcille ar thaobh na láimhe deise, agus an ceann coimeádta aici.

'An cuimhin le héinne agaibh Sister Elizabeth?' a d'fhiafraíos de gheit.

'B'fhéidir go bhfuil dul amú orm faoina hainm ach is cuimhin liom bean chneasta a tháinig timpeall le crúscaí móra cócó ag an mbricfeasta tar éis na Comaoineach.'

Chuaigh an cheist ina mbeo. Níor fhan aon fhocal ag an gcomhluadar beag siúracha críonna.

'Ní raibh Sister Elizabeth ar bith anseo riamh', arsa an Príomhoide go diongbháilte. Chruinnigh sí na fótagraif le chéile sa chlúdach donn.

'Ach an gcoimeádfaidh Benjy an fheirm?' a d'fhiafraigh bean eile den léiritheoir, ag tagairt do dhuine de na carachtair sa sóp teilifíse.

Tháinig anam arís sa chomhluadar.

Leanadar orthu ag caint. Bhí pobal cheantar na scoile scaipthe, líon na ndaltaí ag titim go tubaisteach. Ba ghearr eile a bheadh na siúracha ann agus chaithfí an clochar a dhíol. Ba mhó go mór a líon umhal sa reilig le hais an chlochair ná a raibh acu timpeall ar an mbord sa chistin.

'Ar mhiste libh dá nglacfaimis fótagraf díbh?' a d'fhiafraigh Foley.

'Ó, nílimid gléasta i gceart d'aon fhótagraf', arsa an Príomhoide. 'Aibíd tí atá anseo orainn.'

'Tá ceamara ag Beth anseo, agus ní bhfaighimid an deis arís. Tógfaimid pictiúr neamhfhoirmeálta díbh ag an mbord.'

'B'fhearr linn gan', a dúirt an Príomhoide go húdarásach.

'Fágfaimid mar sin é', a d'fhreagair Foley.

D'fhágamar slán acu, agus shiúlamar linn amach le hais an ghairdín. Bhí an fhaiche fós timpeallaithe ag fallaí arda. Cága sna crainn, blabanna dúigh in aghaidh na spéire leis an gclapsholas. Gleo na sráide méadaithe i dtearmann an chlochair.

'Cad a tharla leis an bhfótagraf istigh?' a d'fhiafraigh Foley ar thaobh na sráide.

Mhíníos an scéal dó.

'Caithfead-sa Malachy Skelly a bhaint amach sara ndúnann sé, féachaint cé a bhuaigh na rásanna', ar sé.

'Beidh *mock-up* déanta agam den *set* i gceann seachtaine', arsa Beth.

D'imíodar. Bheidís ina leithéid seo d'áit ar ball, dá mba mhaith liom bualadh leo.

Shiúlas liom síos Mary Street agus isteach i Red Abbey Street. Bhí na colúir ag socrú isteach don oíche in airde san fhothrach. Siúl na cathrach fúthu, mustar sráide. Bhí an fótagraf fágtha i mo dhiaidh agam. Sister Elizabeth a sciob uaim é.

Bhraith sí na sciatháin sna slinneáin. Dhá cheann. Chuir sí an dá lámh siar mar a bheadh sí ag fáisceadh strapa, féachaint an rabhadar ann. Las a croí le hiontas. Ní á shamhlú a bhí sí níos mó, bhraith sí ann go fréamh, go docht ina corp iad. Ba léi féin iad, fáiscthe isteach chomh fada lena rumpa. Bhíodar gearrtha amach as plean éigin a d'oir go hiomlán di féin. Bhain sí searradh as a slinneáin. Bhog sí chun cinn, ardaithe beagán ón talamh. Bhraith sí éadroime ina corp nár bhraith sí riamh roimhe sin. Bhí cumhacht sna sciatháin a choimeádfadh san aer í. Níorbh aon ghearrcach í ag léim ón bhfaill agus máthair an áil á giobadh, ach bean ard faoi sciatháin lánfhásta chleití dá cuid féin. Shearr sí na slinneáin arís, agus arís eile. D'éirigh sí níos airde an turas seo. D'fhan in airde. D'eitil sí os cionn bhrat cumhra na rósanna ar an aer. Níor fhéach síos ach chun cinn, agus í ag éirí os cionn na gcrann agus an fhalla ina ndiaidh, ansin níos airde fós os cionn na dtithe. Ba í Joanie an Scrogaill í ag imeacht faoi sholas an lae, a sciatháin ársa chomh nua le púcaí peill ó aréir. Pé míorúilt a bhí sa saol ba í féin an mhíorúilt ba mhó anois acu. Ní raibh a saol idir lúibíní níos mó. Gháir sí i mbéal an aeir, na sruthanna ag síobadh thairsti. Leath sí na sciatháin gan searradh ar an aer, agus coimeádadh in airde í. Choimeád na hAingil, mar a gealladh, in airde í.

An Gréasán Domhanda

Tigh lom saoire ón tosach é, ar aghaidh an bhóthair, ar chósta thiar an Chláir. An gairdín i bpicil ag an sáile. Ón gcúl, miasa satailíte feistithe den fhalla. Gan maolchnoc ná cnocán sa tslí air, ach an tAtlantach siar amach.

'Níl uait ach a n-aghaidh a dhíriú soir ó dheas', a mhíníonn sé dom. Tá dhá chrúca ar chuma dhá mhéar ag rá 'tar i leith' ar cheann acu, crúca amháin ar an mias eile. Báiníní plaisteacha ar a gceann acu.

'Tá dhá shatailít ag freastal ar mhias amháin agus satailít amháin ag freastal ar an gceann eile. *Hotbird*. Ní gá duit ach iad a chasadh thart go bhfaighidh tú an comhartha. Ba é ab fhearr duit ná *monitor* beag a bheith amuigh agat taobh leo agus tú á gcasadh chun an pictiúr a aimsiú. Téanam ort isteach go gcífidh tú.'

Buailimid isteach sa tigh. Cuireann sé a chuid scáileán ar siúl. Brúnn an cnaipire.

'Tá siad ar fad anseo agam,' ar sé, ag cur Clár na gCainéal ar an scáileán.

Preabann sé an cnaipe tríothu, seirbhísí teilifíse an domhain uile. Na hITVnna, na CNNnna, na FOXanna, na ZDFanna, na Cainéil +, na Cainéil...ógánaigh ba ea sinn i dteannta a chéile, eisean scúite chun Meccano, thabharfadh sé an lá ag gabháil de na scriúnna agus na cnónna beaga, na puillíní, na crainn tógála....le hinnealtóireacht a chuaigh sé, ní nach ionadh...cuimhin liom an chéad scannán ina thigh aige, teilgeoir feistithe sa seomra suí ag cóisir lae breithe...tigh ceoil...tráthnóntaí Domhnaigh sa veain gorm Volks agus an dá theaghlach againn ag tabhairt faoi shléibhte Chiarraí, m'athair ag beiriú citil ar thine mhóna, ag friochadh *chops*, boladh na feola rósta sa cheobhrán le hais an bhóthair, tae móna, arán fraoigh...oiread acu ann agus a bhí againne ochtar, naonúr...chuaigh scéal an athar go mór ina gcoinne, fear uasal ar a chuma féin, Albert Mills...an t-ól...d'fhanas leis nuair a chuas go Baile Átha Cliath den chéad uair riamh i Ráth Garbh, bhraitheas go rabhas tar éis tuirlingt ar phláinéad aineoil ó chathair Chorcaí...ghlaoigh sé orm chun dul ina theannta nuair a tugadh Albert san otharcharr ó Chorcaigh go dtí an t-ospidéal i mBaile Átha Cliath...ní raibh sé ábalta labhairt lena athair...bhraitheas air é...an tocht sin nár bhris ina shaol...an fear bocht wireáilte sa leaba agus é ite ag *cirrhosis*...gan mórán caidrimh ó shin eadrainn, ach é ann as...baitsiléir...cuimhin liom Caoineadh na Gaillimhe á sheimint ag a dheirfiúr ar an bpianó...dhein a mháthair ubh scrofa agus cáis tríd dúinn chun tae....ubh scrofa, cáis curtha tríd le fearg na máthar ...

....na EuroNewsanna i do rogha mórtheanga, na EuroSportanna i do rogha mórtheanga, Al Jazeera, Dubai, an Tiúinéis, an Mharóc, an Iaráin, leanaí ón Iaráic, an tSiria, na hIosraelaigh lena bhfotheidil Eabhraise, craoladh beo ó Bheijing, sópanna i gCóiréis, cainéil uile Berlusconi, na RAInna, na Seirbigh, an Bhulgáir, an Pholainn, TeleEuzkadi, seirbhís dhomhanda Chóiré Theas i mBéarla, cainéal

Daimler Chrysler, seirbhísí siopadóireachta, seirbhísí oideachasúla, cainéal Caitliceach, cainéal Bíoblúil, cainéal Dé....

'Tá na céadta ann acu', a deirim agus mearbhall orm. 'Cá...cá bhfaigheann tú an t-am chun féachaint orthu?'

'Ní shin é an t-iomlán', ar sé, 'fan go gcífidh tú na cainéil raidió.'

Faoin tráth seo táim ag éirí imníoch. Tá fonn orm féachaint ar na cluichí peile, agus aghaidh a thabhairt ar an mbóthar go Baile Átha Cliath nuair a bheidh an trácht glanta. Leath-am sa dara cluiche ab fhearr chun ligint do na scuainí glanadh leo ó dheas agus siar.

Na cainéil raidió mar a chéile. Oiread ann acu agus a líonfadh Foraois Amasónach. Ceol clasaiceach. Síor-nuacht....cad a shéid mo dhuine isteach? Gan aon tsúil agam leis, bhí sé mar sin riamh...corráiste ag iarraidh orm bheith istigh a thabhairt dó i Ráth Éanna agus é ag goid stuif na lóistéirí eile ó na seilfeanna sa *fridge*...á rá gur bhraith sé uaidh Corcaigh, in ainm Dé cén fáth nár chas sé timpeall agus dul abhaile....bheadh cuid mhór den dua a fuair sé ina shaol spáráilte aige air féin....an ragairne agus é imithe le fán an tsaoil...cruth éigin curtha aige air féin ó shin pé rud a bhain de...*and he still owes me a fiver...*

...Raidió ceithre huaire fichead ag labhairt le scríbhneoirí. Iad go léir chomh glé ina bhfuaim dhigiteach le bonn nua euro. Faoi mar nár scríob an saol riamh iad. Ná faoi mar nár le tábhairneoirí gach ribe féir i bpicil lasmuigh de dhoras, agus nár leo na beithígh a bhí á ramhrú ar *headage* agus ar ólachán.

'Agus conas a dheineann tú tiúnáil isteach ar na cainéil seo ar fad?'

'Fadhb ar bith. Faic ach paraiméadair na minicíochta a aimsiú sna hirisí satailíte nó ar an ngréasán domhanda, agus iad a chur isteach ar an gclár. Nó aimseoidh an cnaipire féin iad uaidh féin....'

'...ach an cnaipe ceart a bhrú.'

Taispeánann sé dom é.

'Agus an rud is fearr ar fad ina thaobh, níl aon chianóg á thabhairt agam do Mhurdoch. Oiread is pingin.'

'Tá na SKYnna agat mar sin féin.'

'An méid díobh is toil leis a chur ar fáil in aisce.'

'Gan aon spórt.'

'Spórt?' Ligeann sé scairt gháire as, agus deineann saghas seitrigh amach as a pholláirí le drochmheas.

'An bhfuil aon spéis agat sna cluichí tráthnóna?'

'Dhera, tá siad sin ar aeróg na talún.'

Bhíos chun féachaint orthu ar an mBig Screen sa Halla óil i lár an bhaile, ach b'fhearr liom gan drannadh leis. Tá Big Screen fógraithe i ngach baile, mór agus beag, ar an mbóthar. Níor ghá ach boladh an óil a leanúint agus d'aimseofaí na liúnna.

Nuair a chuireas tuairisc a thí thíos sa siopa ní raibh aon tuairim acu cérbh é féin. Albert Mills? Roinnt ban istigh tar éis an Aifrinn agus deabhadh dinnéar an Domhnaigh orthu. Dúradar liom triail a bhaint as siopa Oifig an Phoist os cionn na trá, bheadh a fhios acu sin é. Ceol an Chláir a thug anseo é, tar éis dó éirí as a phost ar pinsean luath. Bhí a thuairisc acu in Oifig an Phoist, tigh ceoil eile.

Tá sé ag teannadh a chuid uaignis féin le paraiméadair na satailítí. É lán de thalann stoite nár bhláthaigh, agus d'éirim. Bearna éigin nár dhún sé, d'fhan sé ann ina shaol. Bearna. Braithim chomh ceanúil ar a phearsa ghrod is a bhíos riamh, ar a chuid cainéal domhanda, gach ceann acu tiúnáilte isteach go foirfe ina uaigneas digiteach.

Bhíos tar éis siúl mór fada a dhéanamh chun teacht air, ar an Green Road os cionn Fanóir. Bóthar an Ghorta i nGaeilge. Bóthar garbh agus mionbhóithre ag imeacht uaidh ina ngréasáin. Ach teacht go dtí gabhal amháin, bhí gabhal eile ag imeacht uaidh sin, soir agus siar. Gan soir agus siar níos mó ann ach conaireacha aeir. Shamhlaíos gréasán síoraí bóithre ag imeacht ar nós féitheacha, agus istigh ina lár thiocfá amach arís san áit a thosaís, ar nós coiscéimeanna na trócaire. Faoi mar nach aon áit ar leith é áit níos mó ach go bhfuil an uile-áit san aonáit. Faoi mar a bhí riamh agus a bheidh go deo, an uile san aon.

'An ólfaidh tú braon tae? Níl faic agam ach tae agus builín aráin....'

'Tabharfad faoin mbóthar, ba mhaith liom a bheith roimh an trácht.'

'Taispeánfaidh mé bóthar thar Sliabh Eachtaigh duit, bóthar na Bearnan a ghearrfaidh amach an trácht...tabharfaidh sé trí Chroisín tú agus bainfidh tú bóthar Chorcaí amach ar deireadh...'

Bíonn leisce orainn ag fágaint slán ag a chéile, mar gheall ar an méid atá gan rá againn lena chéile.

Roghnaím na cúlchríocha nach cúlchríocha níos mó ach oiread iad ach túschríocha. Cuirim tráchtaireacht RnaG ar an gcluiche ar siúl. Seanchas an bhaile anois is ea éisteacht le Maidhc Sé. Tabharfaidh sé sin abhaile mé, slán, gan aon Big Screen a bhac. Feicim na pictiúir go léir ar an raidió, amach as an bhFiannaíocht, amach as an seanchas, amach as scéalaíocht na muintire.

Braithim ag baile sa ghréasán domhanda úd, a mhic ó.

Fils d'un Boche

Ba dhóigh leat go mbeadh a fhios agat gur Francach é Serge sara n-osclódh sé a bhéal. Go bhfuil a chárta aitheantais náisiúnta clóite ar a phearsa.

Ceannaithe cú ráis aige, é lom, sna seascaidí, a ghruaig thanaí slíoctha siar lena phlaosc aige le hola, bróga snasta leathair, seaicéad go vásta, treabhsar preasáilte. Dath na mbróg ag freagairt do dhath an treabhsair, an donn agus an *beige*. Francach go smior, pioctha, bearrtha, néata. Labhrann sé os íseal i dtosach leat nuair a chastar ort é, agus coimeádann sé greim fáiscthe ar do lámh a thugann muinín duit as. Is beag bacach a bheireann ar lámh ort, nó d'iarrfadh sé do chead roimh ré an aimsir seo. Ach nuair a thagann tiomáint faoi Serge, faoi mar a thagann babhtaí i dtaobh cúrsaí, ardaíonn raon a chuid dBnna agus músclaíonn paiseon éigin ann a bhíonn srianta de ghnáth ag a chuid slachtmhaireachta. Fiú an paiseon sin a chuireann ag seimint é, bheadh a fhios agat nach gcaillfeadh sé an ceann go deo leis. Nach scuabfadh sé chun siúil é. Chífeá daoine ag liúirigh agus ag díriú ar a chéile go minic i bPáras, go háirithe sa trácht.

Cloigeann tiománaí scútair agus clogad air suas le pus tiománaí cairr, iad ag áiteamh ar a chéile. Scuaine ina stad laistiar díobh ag iarraidh an bheirt acu a shéideadh chun siúil le bleaisteanna de na hadharca. Idir bleaisteanna a dhéanann tú amach a gcuid asachán. Anailís faoi luas ar an tslí a bhris an té eile na rialacha, agus taispeántas ar a saineolas araon ar chód an bhóthair. Ar éigean in aon chor a éiríonn sé fíorphearsanta.

- Tháinig tú anuas...

- Bhí tú ag imeacht....

- isteach sa sruth tráchta...

- ró-thapaidh i sráid chúng....

- agus gan aird ar sholas...

- agus sciorras chun tú a sheachaint....

- ná ar éinne eile a bhí ag teacht...

- agus ba dhóbair duit an chois....

- agus cead slí agamsa...

- a bhaint díom.

É seo agus siúl mall fúthu uaireanta, le beann ar an trácht ar chúl. Ba bhreá leat é dá scaoilfidís cúpla urchar d'eascaine lena chéile, ach seachas na gnáthmhóideanna, tá na staiceanna le clos fós agam. Go deimhin, tá siad cloiste agam ó shin. Dhá dtrian de rud a chuma, ach i bPáras, is cóngaraí don naoi ndeichiú é. Nuair a stadann nó nuair a mhoillíonn beirt chun díriú ar a chéile, chun áitimh is ea é agus a fhios acu araon é. Tá an cód iompair chomh bunaithe iontu faoin tráth seo agus atá an cód géiniteach.

Pé duine eile a chaillfidh an ceann, ní hé Serge é, ba dhóigh leat. Tá sé ar chuma ceann de na foirgintí clasaiceacha Francacha sin ina bhfuil *équilibre* nó cothromaíocht idir na hurláir uachtaracha agus íochtaracha. Fuinneoga cuartha agus fuinneoga cearnógacha ag freagairt do shraith eile ar an dul céanna laistíos díobh. Toisí ag freagairt do thoisí. Dath na gcloch amuigh cothromaithe ag na clocha sna himill, agus an t-iomlán tugtha le chéile ag lámh oilte smachtaithe, ag *savoir-faire* na gcianta.

Bheadh dul amú iomlán ort.

'*Fils d'un Boche* a thugadh na garsúin eile orm', a deir Serge, 'agus mé ag fás aníos i Saint-Denis ar imeall na cathrach an uair sin tar éis an chogaidh. *Fils d'un Boche, fils d'un Boche,* á chaitheamh chugam acu de shíor. Ar scoil ba mheasa é. Bhí sé greanta orm, seo pictiúr de m'athair i dteannta mo mháthar os comhair an Tour Eiffel, ar sé á tharraingt amach as a valait. Bhí mo mháthair ag obair mar fhreastalaí i gceann de na caiféanna cathrach agus thit sí i ngrá le saighdiúir Gearmánach i 1943. Fear bliain is fiche ón mBaváir, bhí sé ar dualgas i gceanncheathrú Arm an Reich, agus Fraincis ar a thoil aige. Ag plé le cáipéisí a thagadh isteach ó phóilíní na Fraince a bhíodh sé agus á n-aistriú go Gearmáinis.

'Ón Alsáis ba ea a mhuintir siar amach. Bhí mo mháthair naoi mbliana déag. Thug sé *time* di, choimeádadh sé bia léi agus lena muintir, meicneoir ar an mbóthar iarainn a hathair agus bhíodh a máthair tinn de shíor. Deirfiúr amháin eile aici. Thugadh sé go dtí an Opéra í, mo mháthair, go dtí na *café-théâtres.* Théidís amach ar bhruacha na Seine, nó tráthnóntaí Domhnaigh go dtí an Bois de Boulogne, cúirtéireacht dhaoine óga. Bhí sí ag iompar clainne, mise, geimhreadh na bliana 1943-44. Bhí scata mar í, mná óga a deirim, ag siúl amach le saighdiúirí óga, cén fáth ná raghadh, bhíodar dathúil, folláin, teacht ar bhia acu, agus d'fhéadfaidís a bheith glanta leo amárach, chuir sé sin faobhar breise ar an gcaidreamh, blas *doux-amer*, nó sin é a bhraithim. Ach thit mo mháthair i ngrá le Heinrich nó sin é ab ainm dó. Saolaíodh mise Lúnasa na bliana 1944 agus na Gearmánaigh ar tí glanadh leo as Páras. Ní fhaca m'athair riamh, ná ní fhaca sé siúd mise. Aon fhocal uaidh, má mhair sé. Sloinne mo mháthar ormsa. Pé scéal é, thug mo mháthair na cosa léi gan lomadh na mban a bhí mór le Gearmánaigh a fháil. Mar gheall ormsa, naíonán ar an gcích.

'D'aistríomar go dtí an Alsáis nuair a bhíos seacht mbliana, go dtí feirm ansin. Daoine muinteartha leis an athair, ach gan aon fhocal acusan ach oiread uaidh. D'fhásas aníos ansiúd ar an bhfeirm, i mo mhuicí tar éis na scoile. Mac nó iníon le saighdiúir Gearmánach i ngach re tigh, cuid acu agus beirt iontu. Níor chuala *fils d'un Boche* níos mó ansiúd. D'oibrigh mo mháthair ar an bhfeirm chomh maith le duine, seanlánúin a bhí buíoch den chúnamh ann agus a gclann san tógtha. Tá sí beo i gcónaí, í ag déanamh ar na ceithre fichid. Chailleadar siúd daoine muinteartha leo in Arm na Gearmáine, cuid acu a bhí i reisimint Alsáiseach den SS agus a dhein ár ar shráidbhailte i lár na Fraince má chuala tú trácht riamh ar Oradour-sur-Glane? Lámhachadh cuid acu tar éis an chogaidh, sa bheairic áitiúil san Alsáis. Dheineadar iarracht mo shaoránacht a bhaint díomsa tar éis an chogaidh, nó chaith mo mháthair scata cáipéisí dlíthiúla a líonadh amach chun an tsaoránacht a dhearbhú. Mionchlipeadh mór ag an am, fuíoll de chuid an chogaidh.

'Níor phósas féin riamh. D'fhilleas ar Pháras ag deireadh na gCaogaidí agus fuaireas jab i monarcha carranna Renault. Chuas ar an ól. Tháinig an *fils d'un Boche* úd thar n-ais chun mé a chrá. Throideas an t-ól i gcaitheamh na mblianta. Ba é comhrac na scáileanna agam é go dtí gur thugas isteach. Thugas grá as an nua do thaobh an *fils d'un Boche* ionam. Táim ann ó shin, a bhuachaill, i ngach slí. Im shaoiste ceardchumainn sa mhonarcha chomh maith, ag súil le dul ar pinsean. Fillfead ar an Alsáis, le mo mháthair, sin é mo mhian. Teastaíonn uaithi féin go scaipfí a cuid luaithrigh ansiúd.'

Tá níos mó ná scéal lom le hinsint ag Serge. Taitníonn a shúile lonracha liom gach aon uair a bhuailim leis, súile cinn an gharsúin úd, *fils d'un Boche*, go dtugann sé féin grá dó.

Lacht na Muisiriún

Tá Jean Champion ag an mbord sa chaifé ag scumhadh muisiriún agus á nglanadh. Croitheann sé an chré díobh, tumann i mbáisín uisce iad, gearrann an gas agus cuireann i leataobh iad. Tá paca mór lán díobh tugtha leis aige ón gcnoc.

'Dhéanfainn turas dhá chéad ciliméadar ag an deireadh seachtaine chun dul ag triall orthu. Gan aon nath a dhéanamh den timpeall. Céad ann agus céad as, ar an *autoroute* cuid den slí, agus casadh isteach ar na bóithre tuaithe. Suas go dtí na sléibhte ísle, áit a bhfuil na seanchoillte darach. Ach fios a bheith agat cén áit a gheobhaidh tú iad, tiocfaidh tú orthu ach dul ag tóch sa chré. Faoi bhun na gcrann darach, i measc na bpréamhacha. Tá siad milis, a dhuine. *Sanguins* a thugaimidne orthu, ón bhfocal 'fuil'. Bíonn dath na fola ar an lacht a thagann astu nuair a bhaineann tú an gas díobh le scian. Féach, mar seo....faoi mar a bheidís ag cur fola...'

Lactaires délicieux a thugann na leabhair orthu mar gheall ar an lacht. Tosaíonn na muisiriúin ag úscadh lacht ar dhath na fola, leis an bhfaobhar.

'An dtabharfá leat mé turas acu?'

'Thabharfainn agus fáilte. An fada a bheidh agat timpeall?'

'Tá breis is seachtain eile agam.'

'Tabharfaimid faoi mar sin an deireadh seachtaine seo chugainn.'

Braithim mar a bheinn i gcistin tuaithe fadó, agus fear an tí ag gearradh sceallán isteach i mbuicéad ar an urlár. Sean-óstán agus tigh aíochta i gceann de na sráideanna cúnga i seanchathair Nice, bailíonn cuid de sheandream na comharsanachta isteach ann gach lá ag am lóin. Tá an lón saor agus an freastal muinteartha. Slí ann do scór duine ar a mhéid, radharc ón gcuntar sa chúinne ar an tsráid amuigh atá fáiscthe ag falla an tsiopa thall. Sráid choisithe, stadann daoine ag an gclár bia, tugann sracfhéachaint isteach, agus leanann orthu. Níl an tigh lán, ach bhraithfeá nach raibh puinn slí fágtha ann. Níl aon éalú ó chaidreamh istigh, caitheann tú labhairt le do chomharsa. Fós, tá teannas éigin sa tigh.

Leanann Jean Champion dá chúram glantacháin muisiriún, gan aon aird ar na custaiméirí a bhailíonn isteach. Tá bord iomlán tógtha aige, slí do cheathrar. Tuathánach ón gcnoc, bullán mór fir, é meánaosta. A bhean chéile, Véronique, i mbun an tí, máthair a chéile ag coimeád súil an tseabhaic ar na himeachtaí.

'Féach í', ar seisean liom de chogar, gan scor de na muisiriúin.

A bhean chéile atá i gceist aige. Naprún freastail uirthi, spéaclaí agus a gruaig carntha in airde ar chuma na coirceoige. Dá mbeadh sí ag déanamh aithrise ar an stíl ní dhéanfadh sí níos fearr é. Cuma leathimníoch ar a haghaidh, baineann sí buidéal *Pastis* amach as an gcarn os a comhair, casann a droim le Jean Champion, líonann taoscán, braon uisce, agus caitheann siar. Leanann sí uirthi ag fústráil le buidéil, ag casadh teaipeanna, ag líonadh buidéal le huisce, ag glanadh an chuntair le héadach.

'Ní bhíonn aon stad aici ach ag caitheamh siar.'

Imím liom go dtí mo bhord féin. Tá cúigear againn anois ann, caite aníos ag an taoide ar chladach na Meánmhara. Beirt bhan mheánaosta agus beirt fhear eile chomh maith liom féin. Nua-Shéalainneach croíúil bean díobh agus Sasanach an bhean eile. Cónaí ar an Sasanach ar feadh a saoil i Milan, agus í anois lonnaithe i Nice.

'Cathair Iodáileach í le ceart agus craiceann na Fraince anuas uirthi. Ach is fuil Iodáileach atá ina croí. Bíonn an t-aer bog os do chionn sa chathair. An-áit é chun dul in aois. Bhíos i Milan ar feadh tríocha bliain, agus tá sé in am agam a bheith ag cuimhneamh ar mo sheanaois. An fear go rabhas in aontíos leis a thug go Milan mé. Sin é mar a bhí an saol agam, i mo bhean choimeádta.'

Bean í a thug aire di féin, í ard, caol, fionn, dathúil.

'Bhíos fhéin mar mháistreás lánaimseartha ag Francach', a deir bean na Nua-Shéalainne.

'Fuair sé bás cúpla mí ó shin agus táim ag bogadh ar ais abhaile, pé áit é baile. D'fhág sé mo dhóthain le huacht agam chun árasán a cheannach dom féin. Ach leis an Idirlíon is féidir na socruithe ar fad a dhéanamh, fiú féachaint ar na pleananna don árasán atá beartaithe agam a cheannach. Tá an radharc ón árasán ar an ochtú hurlár déag le feiscint ar an Idirlíon agus gan é tógtha fós. Panorama de Christchurch. Táim anseo le breis is cúig bliana fichead.'

'Agus conas a bhraitheann tú faoi dhul abhaile?' a fhiafraíonn an Sasanach.

'Scanraithe.'

'Ní fhéadfainn féin aghaidh a thabhairt ar an mbaile arís. Anseo anois atá mo bhaile.'

Sasanach duine de na fir agus Dúitseach an fear eile. Bádóirí agus seoltóirí. Tá an tAtlantach trasnaithe ag an Dúitseach ina aonar i mbád beag seoil. Fear téagartha, ciúin ann féin, sáinnithe sa chúinne. Taithí aige air sin i mbád beag seoil.

'An doircheacht is measa ar an Atlantach', ar sé, 'gan farraigí arda a bhac. Oícheanta nuair a bhailíodh an doircheacht isteach gan solas in aon bhall, bhraithinn go rabhas i m'aonar ar fad. Fáiscthe idir dhá eagla. Eagla orm dul a chodladh agus eagla orm gan dul a chodladh. Thugainn oícheanta mar sin, ceangailte, go dtí go rabhas chomh traochta sin gur thosaíos ag paidreoireacht oíche. Seanphaidreacha a tháinig aníos as cúl m'aigne in áit éigin ó bhíos i mo leanbh...an t*Ár nAthair* i nDúitsis. Thugainn laethanta iomlána á rá, díreach mar sin ag dul i mbun mo chúraimí lae ar an mbád. Bhraitheas gurbh í an phaidir a bhí dom rá-sa ar deireadh, sa tslí is nár bhraitheas an doircheacht ag teannadh isteach orm níos mó. Tháinig dóchas éigin ionam, thíos in íochtar.'

Tá acmhainn grinn ag an Sasanach, é níos óige ná an Dúitseach, agus an Sasanach mná ag faire air le spéis ghnéis. Saghas *bucaneer* é ina chroí istigh, duine a bheadh i gcriú Drake tráth dá raibh. Thabharfadh sé faoi. Aon rud ach creach a bheith geallta.

'Smuigleáil a bhí ar bun agamsa idir cósta thuaidh na hAfraice agus Giobráltar', ar seisean. 'Tobac is mó ach drugaí leis. Báid rubair againn agus cumhacht mhillteach san inneall. Oícheanta ar an súnda, bhíodh oiread soilse agus báid agus héileacaptair sa tóir orthu... bhí sé ar nós cúrsa ráis i lár na cathrach. Na *Winston Boys* a thugaidís orainn, mar gheall ar an mbranda tobac a bhí á smuigleáil. Fir ghnó ina bhun, Spáinnigh agus Giobráltaraigh. Bheiridís ar chuid éigin againn i gcónaí ach thugadh dóthain againn na cosa linn gach uair chun gurbh fhiú dul sa seans. Níor beireadh riamh ormsa ach d'éiríos as. Thugas na cosa liom. Saghas straeire Meánmharach anois mé, mo bhád féin agam agus í á ligean amach le haghaidh turasanna pléisiúir. Cad fút fhéin?'

Sara raibh sé d'uain agam a cheist a fhreagairt, bhí an bhean freastail tagtha go dtí an bord leis na plátaí bia agus mias muisiriún leagtha aici ina lár. Í íseal, deachumtha, naprún cócaire uirthi, liopaí méithe glónraithe ar dhath donndearg na fola.

'*Bon appétit.*'

Bhí na *sanguins* déanta aici dúinn, boladh gairleoige go láidir uathu, a gcosa san aer agus a gcinn burláilte ag gobadh aníos as an mias, míchumtha agus cumtha ina lacht féin. Bhlaiseas ceann díobh agus bhraitheas an lacht ar mo theanga, ar mo liopaí. Milis, méith, fiántas na coille fós iontu.

Bhí Jean Champion éirithe óna bhord féin chun ligean do dhaoine suí agus é ag ní a lámh sa chistin. An doras oscailte. Chas sé timpeall agus tuáille ina lámha, d'fháisc an bhean freastail go docht agus phóg í ag an sorn sa chistin. Chuaigh sí ar lár ina thoirt choirp.

'Trócaire...trócaire mo ghuí-se anois gan ní ar bith ach trócaire im bhéal', a dúrt leis, á fhreagairt ar deireadh.

Anam in Ifreann

Tá tairseach éigin ar an tslí fhadálach go dtí an taobh thall trasnaithe aici go tobann, a súile sceimhlithe ar síorleathadh roimh bharántas an bháis. In aois a cúig bliana agus ceithre fichid do Madame Varvou is burla teann imní í ag stánadh óna cathaoir sa seomra suí ar bhéal na huaighe.

Bíonn alltacht uirthi go síorghnách. Níl aon fhocail aici ar an alltacht seo. Nó má tá níl sí á rá. Tá a greann imithe go buan. A cuid suilt seargtha. Gan aon mheidhir níos mó in aon siolla dá guth ceolmhar. Bhíodh sí lán d'anam *tango*. Tá macalla faon an *tango* fós ina corp seang. Anois, deir sí go bhfuil a hanam in ifreann – '*Mon âme est en enfer.*'

Táim ina hárasán i bPáras agus í ar fadraon uaim, í i ngreim ag ancaire tóin poill an tsaoil eile. Táim ag iarraidh breith ar théad an ancaire le mo chaint agus é a tharraingt chugam. Ach tá sé fánach agam agus scaoilim leis. Tá a haghaidh iompaithe isteach is amach, taobh an scátha amuigh ag an bhfulaingt. Tá lúth na ngéag inti ach tá an lámh in uachtar faighte ag an aigne. Nuair a chonac go deireanach í aimsir na Nollag bhí sí lán de mheidhréis, steip rince ba dhóigh leat ina coisíocht agus an cnoc suas go Montmartre á cur di aici. Málaí siopadóireachta ar iompar aici ón ngrósaeir, faoi mar a bhíodh gach lá le mo chuimhne. Thit sí i laige cúpla mí ó shin ag dul in aghaidh an aird. Tugadh san ospidéal í ach scaoileadh abhaile í tar éis seachtaine. Bhí rabhadh faighte aici ón gcroí. Chaithfeadh sí é a thógaint bog, a dúradh léi. Cuireadh ar thaibléidí í den chéad uair ina saol chun an fhuil a thanú. Tá seilf lán de dhrugaí anois aici, agus creathán ina lámha.

Cuireann sí an dá lámh lena haghaidh chun an creathán a cheansú. Tá a dínit uaibhreach ag meath go tiubh. An teilifís ag caochadh gan fuaim sa chúinne. Na cuirtíní tarraingthe. Monabhar paidreoireachta nó cogarnaíle ar siúl faoina hanáil aici. Bean nár thaobhaigh séipéal eaglasta riamh ach na séipéil shaolta amháin. Bíonn eagla anois uirthi nach mbeidh a dóthain aráin aon lá aici. Ceannaíonn sí ceithre *baguette* gach lá, agus gan aon chúram aici den cheathrú cuid acu.

Tugann an t-arán amach í. Síos an tsráid, ar dheis cúig chéad méadar agus isteach i *boulangerie* an *Petit Pain*. Cailín mór ard groí as Guadeloupe ag freastal istigh, agus a '*Bonjour Madame Varvou* 'ag beannú di nuair a shroicheann sí siopa na nglasraí taobh leo. Bíonn cúpla neomat nó trí eile sula mbíonn Madame Varvou feistithe istigh ag an gcuntar. Tairgíonn an *Petit Pain* an t-arán a sheachadadh chuici, ach diúltaíonn Madame Varvou don tairiscint.

'Deux baguettes encore, Madame Varvou'.

'Comme toujours.'

Dhá uair sa ló. Bhí eagla uirthi nach n-adhlacfaí i gceart í, go gcaithfeadh an *préfecture* é a dhéanamh. Ghlan sí costais a sochraide féin an lá cheana.

Chuireas aithne uirthi i bhfad siar. Bhínn ag tabhairt málaí bia, braillíní bána, agus bláthanna go dtí seandaoine ina gcuid árasán i seantithe na comharsanachta. Chuimhníos gur an-smaoineamh ba ea na bláthanna an uair sin féin. Thabharfainn an lá ag caint leo. Seanchas agus scéalta ceaptha acu, ar dheacair an cheapadóireacht a scagadh ón bhfírinne. Ba chuma ar fad ach a bheith aerach i do mheon.

Baintreach í Madame Varvou. Maraíodh a fear céile i gcogadh na hAilgéire. Pinsean baintrí aici, gan aon fhiacha ar an árasán ach na costais reatha. Tá mac amháin aici i mbun gnó earraí rubair san Áis. Uair sa bhliain a thagann sé ar cuairt. Thairg sé í a thabhairt amach ann i bhfad ó shin ach dhiúltaigh sí imeacht. Mharódh an aeráid í a mhaígh sí. B'fhearr léi a cuid turasanna rialta siopadóireachta ina comharsanacht i Montmartre, biadán na sráide a chloisint, aitheantas óna pobal féin. Ach le tamall tá a spéis sa bhiadán féin caillte aici. Siúlann sí anuas óna tigh mar a bheadh dealbh a thuirlingeodh ón bhfalla.

Is béas liom féin bláthanna a thabhairt chuici i gcónaí. Tá na *mimosa* ag spréachadh sa seomra, agus suímid i dteannta a chéile, í socraithe isteach faoi phluid sa chathaoir uilleann. Tostanna fada eadrainn, í ar mhinicíocht dá cuid féin. Ag léamh a bhím féin.

'An gcreideann tú sa tsíoraíocht?' a fhiafraíonn sí díom go tobann.

'Níl a fhios agam…is dócha go bhfuil rud éigin ann, an timpeall síoraí.'

'An gcreideann tú sa tsíoraíocht?'

'Creidim i síoraíocht éigin, ceann na mBúdaíoch is dócha.'

'An gcreideann tú sa tsíoraíocht?'

Baineann a diongbháilteacht siar asam. Féachaim idir an dá shúil uirthi, agus féachann sí siúd ormsa. An sceimhle maolaithe. Tuigim go tobann go bhfuil sí ag lorg freagra bunaidh, gan aon choinníoll, gan b'fhéidir seo ná siúd. An fhírinne lom atá uaithi. Uaimse.

'Creidim.'

'Cad atá ann?'

'Solas. Agus bíonn na mairbh ag ceannach aráin taobh leis na beo.'

Deineann sí miongháire. Dúnann sí na súile. Cuma shásta uirthi. Tá Madame Varvou ina sámhchodladh ina cathaoir uilleann ina cillín i Montmartre agus mé ag imeacht an doras amach. Tarraingím go bog i mo dhiaidh é agus í ag iarraidh a coisíocht a fháil ar bhruach na huaighe.

Meáchan Rudaí

Mo mheáchan i do bhaclainn sa phictiúr dínn beirt i Fitzgerald's Park, is mise in aois a trí. Ár meáchan araon. Ár gcómheáchan. Meáchan do hata anuas ar do gháirí. Mo mheáchan is tú dom iompar ar feadh naoi mí. Meáchan suí agus luí agus éirí. Do mheáchan féin nár ardaíos riamh ó thalamh ach chun tú a chur i dtalamh. Do mheáchan beo. Do mheáchan marbh. Meáchan na bhfocal ag éirí is ag titim eadrainn mar a bheadh sciatháin scuaine ealaí. Trom-mheáchan urnaí. Cleitemheáchan di-diddle-dí. Meáchanlár fáinne fí na gcuimhní.

Meáchan cheol do ghutha ón tuath sa chathair. Meáchan do bheoldatha ag luí ar do liopaí ag aeráil ghutaí. 'He's full of teaspy' agus an 'y' a rá chomh leathan le 'aí'. 'What's it all for' agus 'all' a rá ar nós 'ál'. 'Isn't he the right cadet' agus 'cadet' ag dul i dtreo 'cad é'. Do mheáchan sa chóta bán ag seasamh i lár an urláir ag rá *Kevin Barry*. Meáchan na héisteachta leat. Meáchan mála na mná cabhartha ag iompar naíonáin eile isteach ón tsráid. Meáchan do chumhrachta i seomra na hiarbhreithe. Meáchan do thuirse máthartha á rá liom go cneasta a bheith amuigh.

Meáchan na bhfód is tú ag adú na tine sa tigh tuaithe. Meáchan nár chuaigh riamh as. Meáchan an oighinn ar an gcroch. Meáchan na gcaorán dearg ar an gclúdach. Meáchan na bácála. Meáchan an bholaidh. Meáchan an aráin á ardú amach as. Meáchan na n-éadaí leapa agus na seanchasóg ag luí anuas orm go teolaí. Meáchan nár mhian liom éirí go deo amach as. Meáchan do chuid fo-éadaí. Meáchan cnis. Meáchan phíóg úll a chuiris chugam tríd an bpost.

Meáchan do ghaolta. Meáchan muinteartha. Meáchan sinseartha. Meáchan comharsan. Meáchan seanchais. Meáchan an tsaoil mhóir. Meáchan sagart. Meáchan bráithre. Meáchan óil. Meáchan staire. Meáchan do ghrinn. Meáchan na ndaoine a thug na cosa leo. Meáchan an tsaoil eile. Meáchan do chreidimh. Meáchan duairc do chuid sceoin. Meáchan do náire.

Ár meáchan araon ag bualadh le chéile sa chathair chun lóin. Meáchan m'fhoighne ag fanacht leat ag doras séipéil. Meáchan d'fhoighnese ag fanacht liom chun teacht isteach. Meáchan do chuid paidreoireachta. Meáchan chrosa an tsaoil. Meáchan do ghoile. Meáchan do chuid moille i mbun bia. Meáchan do thráchtaireacht leanúnach ar an saol. Meáchan aerach an chailín á thabhairt do na boinn chuig rincí. Meáchan an bhosca ceoil ar do ghuaillí. Meáchan do dhá ghlúin ag coimeád tionlacan le rincí.

Meáchan na málaí siopadóireachta agus tú ag siúl in aghaidh an chnoic ón gcathair. Meáchan an liú a ligteá uait dá dtiocfainn ort i gan fhios aníos ón gcúl. Meáchan na málaí i mo lámha ag siúl aníos id theannta. Meáchan mo mhálaí féin ag triall ón ollmhargadh faoi mar a bheinn ag siúl ar aon choiscéim i do theannta.

Meáchan an sceimhle i do shúile agus iad ag glaoch ort ón taobh thall. Meáchan an diúltaithe dul ann. Meáchan an ancaire agus é ag greamú go docht ionat ón mbruach thall. Meáchan na rún nach raibh aon cheilt orthu níos mó. Meáchan an ghrá gan rá a d'fhuascail glaoch an bháis ionat. Meáchan an mhearbhaill a d'fhág do cheann ina roithleagán ró. Meáchan na beatha ag dul as. Meáchan mo chuairt dheireanach ort.

Do mheáchan coirp agus tú ag luí os cionn cláir trí oíche agus trí lá. Meáchan an tí. Meáchan mhuintir na tuaithe ag triall ar an tigh cathrach. Meáchan a monabhair. Meáchan do chomhrá linn féin ón taobh thall. Meáchan na rudaí a bhíodh á rá agat le do bheo agus a bhí fós le do mharbh. 'That monkey tree is blocking the view and should be cut down'. 'He who loves the danger shall perish therein'. Fós do mheáchan teanga.

Meáchan an cheatha nár lig dúinn seasamh fada a dhéanamh ag béal na huaighe.

Éadroime d'anama a luigh orainn ar nós braillín síoda i do leaba tar éis tú a adhlacadh.

Traein na mBuaircíní

'Bhíomar éirithe ag a ceathair ar maidin, tá's agat, chun an traein a fháil. Uair sa bhliain a dheinimid an turas. Cath na mBláthanna. Níor thaispeáin aon bhláth a aghaidh fós ar an sliabh, agus cuid acu níl an ceann féin curtha amach acu le heagla bleaist a fháil. Ach anseo thíos ar an gcósta, tá gach aon ní faoi bhláth.'

D'ardaigh sí chuici an burla bláthanna agus shín chugam iad le bolathaíl. Raidhse acu. *Mimosa* is mó ar dhath buí-mhustaird, magairlíní meidhreacha, lusanna na súl buí, lilí an earraigh. Bhí na bláthanna ag imeacht ó thaobh taobh le siúl na traenach agus mo shrón á leanúint. Luisne ina pluca féin chomh maith leo.

B'eo leis an traeinín ar na harda os cionn na cathrach, na caipíní órga ar an Eaglais Rúiseach laistíos ag lonradh sa solas.

'Táimid ag dul ann le leathchéad bliain, paráid mhór na mbláthanna. Iad dhá uair an chloig ag gabháil thar bráid na sluaite, bannaí ceoil ón Iodáil agus ó chúlchríocha Provence. Féile earraigh is ea í ag fógairt chlabhsúr an gheimhridh. Caitheann siad na bláthanna chuig na sluaite ó na cairteacha atá faoi ualach bláthanna, agus ní mór breith orthu. Leanann an rath tú ina dhiaidh sin ar feadh na bliana.'

'Cén fáth go dtugann siad Cath na mBláthanna air?'

'*Alors*, sin é a bhíodh ann tráth dá raibh, teaghlaigh mhóra an réigiúin ag tabhairt aghaidh ar a chéile le bláthanna. Ó, bhídís fiáin sna seanlaethanta, iad struipeáilte anuas go vásta ag lascáil a chéile le bláthanna. Tá sé ar fad eagraithe acu anois ar mhaithe leis an turasóireacht, ach fós féin, téimid ann.'

Cheansaigh boladh na mbláthanna an múchadh díosail. Trí charráiste lán de mhuintir na mbailte sléibhe ag filleadh abhaile tar éis an lae. An tiománaí os ár gcomhair amach ag séideadh na hadhairce ag na crosairí ar leibhéal. Ansin ar aghaidh trí ghleann lom Abhainn an Var.

'Traein na mbuaircíní a thugtaí uirthi seo, í a bheith ag dul chomh mall sin ar uaire go bhféadfá na buaircíní a bhailiú sa tséasúr le hais na ráillí. Theastaigh uathu deireadh a chur léi, ach bheadh na sráidbhailte sléibhe bánaithe ar fad dá ceal. Caitheann siad airgead chun í a choimeád sa tsiúl. Ach braithimid gur linn féin í.'

Gan faic á rá ag a fear céile, ach meangadh suáilceach air faoina fholt tiubh bán. Í féin feolmhar, cainteach, lán de bhús. Máistreás poist i sráidbhaile lastuas de Digne-les-Bains. An bheirt acu ar a bpinsean, é féin ó mhonarcha cógaisíochta.

'Nach fada an turas ag triall ar bhláthanna é?'

'Lá amuigh is ea é, a gharsúin. Lá amuigh. Bhí braoinín *muscat* agam thíos faoin gcathair, agus tá's ag Dia go ndeineann an lá óg arís mé.'

'Ar labhair sibh riamh aon Phrováinsis ansan thuas?'

'Le linn m'óige-se bhíodh sí ag na tréadaithe gabhar sna sléibhte, ná bíodh Jean-Luc?'

'Bhí sí acu go líofa.'

'Cad faoi Mistral agus a chairde?

'*Mouvement* ba ea é, agus bhíodar an-cheanúil ar an *absinthe*.'

'Agus na hainmneacha áite seo, la Foux, agus Annot, agus Allos agus Pra Loup is focail Phrováinseacha iad sin gan amhras.'

'Ó, sea, ach tá a mbrí dearmadta anois. Tá's agat go ndeirtear an 't' úd ag deireadh an fhocail Annot. Faoi mar a deirtear consain i ndeireadh gach focal díobh nach mór. Scaoileann na deiriúcháin a bheith ráite níos mó gréine isteach sna focail.'

Dhéanfadh sé turas fada ar thraein na mbuaircíní, í ag stad ag gach mionstáisiún ar feadh na slí. Stad fiú le haghaidh na gcaiteoirí tobac, leathslí, *l'arrêt des cigarettes*.

Trí uair an chloig go Digne. Thit an oíche go mear de réir mar a chruinnigh an traein luas sna gleannta cois abhann, agus theanntaigh na bláthanna a bpeitil. Na *mimosa* féin, dhein doirne beaga iata naíonda díobh. Caipíní troma sneachta ar chuid de na maoileanna, agus cuma ar na cliatháin loma fúthu go rabhadar ag cur cos i dtaca á gcoimeád in airde.

Máistreás poist. Bhí bean mar í i ré na malartán láimhe i mBaile Bhuirne agus nuair a ghlaodh sí ar Chúil Aodha deireadh sí: 'There's a call here for you and he's all Irish'. Í seo anois a shamhlaím ina háit i nGleann an Var, ag líreac stampaí agus gach mionscéal aici ar shaol an ghleanna.

Grian is ea greann, leis.

'Tá's agat go bhfuil uiscí maithe leighis thuas sna sléibhte. Spá. Tá cóiríocht mhaith iontu anois agus tagann na sluaite ag triall orthu. Na dathacha, tá's agat. Díolann an córas leighis astu, ach fág go bhfuil mo ghlúine féin do mo mharú, agus mo shlinneáin níos measa uaireanta i gcorp an gheimhridh, ní raghainn iontu. Gheofá fuacht, a dhuine, ag seasamh amach astu agus ba mheasa ag teacht amach tú ná ag dul isteach....'

Ní foláir nó d'fhágamar slán lena chéile, nó thit mo chodladh orm le luascadh cliabháin na traenach, mar bhí beart *mimosa* i mo ghlaic nuair a sheasas amach ar an ardán sa sráidbhaile sléibhe. An áit tréigthe, folamh ó dhaoine. An t-ainm síonchaite ar an gclár adhmaid. Gan solas ar bith san áit. An spéir chomh glan le criostal. Aer caol an tsléibhe. Luigh an oíche go héadrom ar na gleannta. Neosfadh an spéir an tslí.

Agus na spréacha *mimosa* lánsolais.

Aindí an Saorthaistealaí

Ní bhíonn aon bhagáiste riamh aige ar an traein, ná fiú comhartha sóirt éigin a thabharfadh le fios go mbeadh cúram air ag ceann scríbe - clúdach litreach nó pacáiste.

Saorthaistealaí gairmiúil é, scothaosta go maith, an ghruaig bhán nach bhfuil tanaithe go hiomlán fós mar a d'fhágfadh an taoide rianta toinne ar ghaineamh. Spéaclaí agus cuma an ghearr-radhairc air ach gan aon ní ag imeacht gan fhios dó. Tá greamanna tuathalacha curtha ag duine éigin, é féin ní foláir, i muinchille a sheanchasóige agus is féidir iad a fheiscint go soiléir faoin ascaill nuair a ardaíonn sé a ghloine beorach ón gcuntar. Ceann dá bhuanna is ea gan chuma ghioblach a bheith air. Tá dhá bhun a threabhsair fillte aníos os cionn an dá alt, agus ní bhaineann luascadh na mearthraenach aon bhogadh as. Seancheardaí, tugann praghas buidéal amháin beorach bheith istigh dó.

Bíonn seans aige a bhuilliín a dhéanamh ar thaistealaithe ina dhiaidh sin. Is é beár na traenach – *Béar* atá scríofa os a chionn – a líon. Mar ábhar breise comhrá don aistear áirithe seo, tá sé ag caitheamh suaitheantais i gcuimhne ar an gComhdháil Eocairisteach i bPáirc an Fhionnuisce i 1932. Chuirfeadh sé caint ar chos na leapa. É íseal, déarfaí duine de lucht leanúna sacair an *League of Ireland*, tráth dá shaol.

Tá aithne mhaith ag foireann na traenach ar Aindí. An-chuideachta is ea é ar feadh deich nóiméad. Ní féidir leis a bhéal a éisteacht, saghas scaothaire is ea é, ach is cuma leis na hoibrithe freastail atá bruite ag teas agus fuadar. Is cuma le hAindí chomh maith leo mar tá an teas in aisce agus fanann sé as a mbealach. Tá fear sa chúinne greamaithe anois aige. É ag iarraidh deoch a ordú d'Aindí, glaonn sé siúd as a ainm ar dhuine den fhoireann a fhreastalaíonn láithreach orthu. Tá focal sa chúirt ag Aindí.

Díreach taobh amuigh den bheár ag na boird bia tá coinín fir, súile faiteacha aige, é ag iarraidh a bhéile a chríochnú gan scarúint le haon phioc dá phostúlacht. Téann de. Scian agus forc ag luascadh sna lapaí. Tá sé teanntaithe ag duine de mheitheal babhlála atá ag taisteal go dtí Ard Mhacha don deireadh seachtaine. Ardghiúmar orthu ag ithe, cuid acu ag imirt *push-penny* ag bord eile agus iad ag fanacht le bia. Iad ag caitheamh siar. Tá an coinín míchompordach. Leanann an babhlálaí air ag cur ceisteanna ar mo dhuine. Ba bhreá leis a bheith ábalta an suíochán daingnithe plaisteach a bhogadh agus teitheadh. Cad as é? Ó Chastleknock. Bhfuil sé sin i bhfad ón stáisiún? Níl, ar an taobh eile de Pháirc an Fhionnuisce.

Dailtín glórach é an babhlálaí agus ní chasfaí an bheirt ar a chéile go brách mura mbeidís ar an traein. Fear cathrach amach as na cúlsráideanna babhlála agus fiach firéad. Bíonn leisce i gcónaí ar an bhfiréad a ghreim a scaoileadh nuair a bhíonn blas na fola ina bhéal. É gan a bheith téagartha ach mianach sna géaga. Fuinneamh an fhir chathrach ag leanúint an mhianaigh. É amach go dtí cúlbhóithre imeall na cathrach maidineacha Domhnaigh ag babhláil sa séasúr. A ionad ina phobal féin chomh dingthe leis an eireaball ar an sionnach. Fiafraíonn sé den choinín an bhfuil aon aithne aige ar éinne i gCorcaigh. Míníonn sé go dtaistealaíonn sé idir an dá chathair gach seachtain, Luan agus Aoine. É ag obair sa nuachtán áitiúil. Chaithfeadh sé go mbeadh aithne aige ar dhuine áirithe, a deir an babhlálaí, ag ainmniú clódóra.

Glanann an coinín a bhéal le naipcín, tarraingíonn anuas cufaí na léine, díríonn an *tiepin*. Galfaire ag cnagadh liathróide ar an *tiepin*.

'Tá aithne agam ar na daoine ar an tríú hurlár', ar sé.

Téann an t-aicmeachas seo go léir amú ar an mbabhlálaí, nó ní ligeann sé air faic. Míníonn mo dhuine go bhfuil sé ag obair mar chuntasóir. Go bhfuil aithne aige ar an úinéir agus ar an eagarthóir. Leanann an babhlálaí air go míthrócaireach.

'Is ait an duine a bheadh ag taisteal idir dhá chathair gach seachtain agus gan aithne aige ar éinne i gceann amháin acu ach cúpla duine in oifig.'

É ina oíche amuigh. Na taistealaithe dúblaithe san fhuinneog i mbun bia faoi dhó. Féachann an coinín san fhuinneog, tagann air féin ag féachaint air féin agus casann ar ais go tobann. Féachann sa treo eile, agus tagann arís air féin ón taobh eile. Níl a fhios aige cá bhféachfaidh sé. Díríonn a aird ar a phláta. Rinceann freastalaí anuas le dhá thráidire, ag portaireacht *Bossa Nova*, agus beannaíonn dó, faoi mar a bheadh Dia á rá leis.

'Beidh mé leat i gceann dhá shoicind Mr. O.'

Tagann an freastalaí leis an mbille, é ag stealladh mionchainte, agus síneann an cuntasóir nóta airgid chuige. Tosaíonn an freastalaí ag fústráil le sóinseáil ach deir an coinín leis gan bacaint leis. Cúpla euro. Den chéad uair labhrann sé leis an údarás iomlán atá ina chumas, mar a bheadh sé ag caint ag cruinniú boird, é ag díriú sáiteáin ar an mbabhlálaí agus deir sé leis an bhfreastalaí:

'Buailfimidne le chéile go minic ach ní dócha go gcasfar mé féin agus an trasnálaí seo ar a chéile go brách arís.'

Deineann sé leamhgháire éigin ach ní fhreagraíonn éinne dó. Tá a chuid *time*ála as alt. Téann an sáiteán amú ar an mbabhlálaí, de réir dealraimh. Fiafraíonn sé de an bhfuil sé costasach a bheith ag taisteal suas síos ar an traein mar sin gach seachtain. Bheadh sé níos saoire eitleán a fháil go Londain. Freagraíonn sé go bhfaigheann sé dearbháin ón oifig, an dtuigeann tú. Chaithfeadh sé bualadh isteach sa tábhairne acu féin, a deir an babhlálaí agus chuirfeadh sé in aithne do chúpla duine é...chaith sé go raibh saol an-uaigneach aige imithe óna bhean agus a chlann mar sin ceithre oíche sa tseachtain....

Fuasclaíonn an coinín é féin as an ngaiste plaisteach, éiríonn ina sheasamh agus scuabann a chulaith lena dhá lámh faoi mar a bheadh cith tuí tite air. Socraíonn a charbhat, agus an *tie-pin*. Ach tá a phostúlacht ina smionagar ar urlár na traenach. Isteach leis sa bheár.

Tá Aindí leis féin istigh ag smúrthacht ar a ghloine folamh. Cuireann Aindí caint air.

'*Gin and tonic* a bheidh agamsa,' a deir an cuntasóir le bean an bheáir.

'Is breá liom bualadh le duine eile go bhfuil an gnó céanna aige agus atá agam féin,' arsa Aindí.

'Ólfaidh tú deoch.'

'*Gin and tonic. Cork, Schweppes, no ice, no lemon.*'

'Cén gnó atá agat féin?'

'Ar do nós féin díreach, síos suas ar an traein.'

Lánúin Chiotrúnta

Níor labhradar lena chéile le blianta cé go bhfuil siad fós in aontíos. Tá sí féin bliain is seachtó. Í deabhóideach, anamúil, deisbhéalach, agus fós ag siúl go lár na cathrach gach maidin ar Aifreann.

Bean tuaithe, níor luigh an chathair ach go héadrom riamh ar a meon. Mar a chroithfí crobh plúir bháin ar arán donn. Baineann sí ceol as an saol. Sheinneadh sí an mileoidean agus í sna déaga, ach d'fhág sí ina diaidh sa tigh feirme é nuair a d'aistrigh sí isteach sa chathair. Ina haonar istoíche, bíonn sí ag portaireacht nó ag tionlacan na ríleanna ar an raidió lena méireanna ar an aer. Bíonn scéalta aici i gcónaí ón gcathair, agus an lá nach mbuaileann sí le héinne baineann sí siopa éigin amach sa Phríomhshráid Thuaidh chun *bargain* a cheannach. Tá *bargains* carntha aici i gcófraí nach dteastaíonn ó éinne - mugaí greanta le lógónna foirne sacair, sciortaí gáifeacha, oscailteoirí cannaí stáin a thairgíonn sí do chuairteoirí chun an tí. Le béasa a thógann cuid acu iad, a clann iníonacha is mó, ach tagann sí arís orthu i gcónaí i dtaisce in áit éigin sa tigh. Tosaíonn an gleoraitheo an athuair nuair a thagann an cuairteoir arís.

Tá sé féin níos óige ná í, tostach, grod, rúnmhar, dorcha ann féin. Tugann sé laethanta as a chéile sa tigh gan a chulaith leapa a bhaint de. Geansaí anuas ar a léine chodlata sa samhradh, an tine gháis faoi lán seoil, rásanna capall ar chainéal teilifíse ag caochadh sa chúinne. Múchadh ina chliabhrach, is ar éigean is féidir le héinne eile anáil a tharraingt sa seomra tar éis cúig nóiméad ach oireann an plúchadh dó féin. Is gráin leis aon phuth gaoithe isteach ina phluais, agus is in ainneoin a dhoichill a thugann a chlann iníonacha cuairt air.

Cuireann sé a chulaith Dhomhnaigh air uair sa tseachtain chun an pinsean seanaoise a bhailiú agus Lotto a imirt. Cuma na maitheasa air faoina hata, roghnaíonn sé na huimhreacha in Oifig an Phoist mar a bheadh sé ag marcáil toisí éadaigh le cailc an táilliúra. Táilliúir is ea é. Go fánach a dheineann sé aon obair tháilliúireachta sa tigh anois.

Tá córas iomlán cumarsáide déanta acu den chiotrúntacht ina dtigh ar arda na cathrach. Bheadh radharc glan amach ar an abhainn murach an crann sa ghairdín atá sa tslí air. Tugann siad laethanta as a chéile ag déanamh cumarsáide lena chéile trí dhaoine eile – cuairteoirí chun an tí, daoine ar an taobh eile de líne theileafóin agus duine de bheirt acu ag cúléisteacht, trína gclann mhac agus iníonacha, trína ngarchlann, go fiú is tríd an gcat. An cat go háirithe. Ní fhéadfadh cat na seanlánúine gan a bheith ciotrúnta. Tá sé ciotrúnta, dar léise, mar nach n-íosfaidh sé ach saghas amháin bia cait. Tá an cat ar a chuma féin, atá le tuiscint uaidh sin, mar nach n-íosfaidh sé ach mairteoil. Siúlann sí an chathair tar éis an Aifrinn agus paidreoireachta, áfach, chun an bia cait a cheannach agus í á rá leis an saol gur cat ciotrúnta é. É féin, mar a thugann sí i gcónaí ar a fear gan a ainm a thabhairt air, a thug an cat chun an tí agus caitheann teimheal a mháistir a bheith á leanúint.

Ciotrúntacht a chéile an chumarsáid sheimeafórach a bhíonn eatarthu. Tá córas iomlán déanta acu den chiotrúntacht. Ise á rá nach bhfuil aon phráta i mbliana faoi na gais ainneoin a bhfuil de dhua caite aige féin leo, faoi mar gur comhartha é go bhfuil sé siúd leis ag teip. Ise á rá go bhfuil fuílleach oinniún sa ghairdín agus gur chóir iad a stoitheadh. Eisean á rá go gcaithfear ligean dóibh méithiú go dtí deireadh an tsamhraidh.

Nuair a ghlaoigh iníon leo as Boston oíche ar an teach ba leis féin a theastaigh uaithi labhairt ach ise a d'fhreagair. An iníon ab óige i Meiriceá ba gheal lena chroí féin. Bhí sé féin amuigh go hantráthúil. Fuair sí féin na scéalta go léir ón iníon. Cathain nach mbeadh sí ag filleadh abhaile. Cé leis a bhí sí ag siúl amach. Conas a bhí ag éirí leis an *diet* nua. An áit a raibh sí ag obair anois.

Bhí sé á ithe go halt na gcnámh ar feadh míosa gur ghlaoigh sí nuair a fuair sé amach an lá dar gcionn ó iníon eile go raibh glaoite aici – is ea tá an scéal casta – agus gurbh *Ise* a thóg an glaoch. Ní shásódh sé glaoch ar ais uirthi i mBoston. B'ionann sin agus aitheantas a thabhairt d'*Ise* nach raibh ag dul di uaidh faoi fhrathacha an tí. B'ionann é agus an tuáille a chaitheamh isteach i gcogadh na ciotrúntachta.

Bíonn an chuma orthu nach mbíonn aon uaigneas orthu de bharr imreas síoraí na ciotrúntachta. Tá sé féin suite de nach bhfuil sí féin ábalta an meaisín níocháin a oibriú, nach raibh riamh. Creideann sí féin go bhfuil feistiú áirithe dá chuid féin déanta aigesean ar an meaisín chun nárbh fhéidir léi é a oibriú. Tá sé déanta amach riamh aige gur teip ghlan is ea í timpeall ar mheaisíní. Cuireann sé féin fios ar bhollóg aráin agus tugann sise bollóg ón gcathair. Bíonn leathbhollóg stálaithe an duine acu gach lá le caitheamh amach. Ní bhlaisfidh an cat de cheachtar leathbhollóg stálaithe acu. Tá sé siúd neodraithe.

Bheartaigh sé féin córas aláraim a chur isteach mar chosaint ar bhligeardaithe. Feistíodh. Caitheadh an córas a mhíniú di, go gcaithfí eochrú a dhéanamh ar chód ar dhul amach agus ar theacht isteach. Duine de na iníonacha a thaispeáin di é tar éis dó féin glaoch uirthi. Chuir an córas aláraim anbhá uirthi agus thosaíodh an t-aláram ag bualadh go hantráthúil. Dhearmad sí an cód, a deireadh sí. Bhí an córas róchasta. Bhraith sí ina príosúnach istigh ag an aláram. Caitheadh an córas a chur as nó bheadh sí imithe glan as a meabhair le hanbhá.

Turas amháin riamh dar thug sé féin thar lear, fuair sé eitilt go Londain agus é beartaithe aige dul chomh fada le Cheltenham do na rásanna. D'fhan sé le hiníon i Londain. Bhuail leisce é imeacht chomh fada leis an ráschúrsa, na sluaite ollmhóra ar an gcóras taistil poiblí, agus d'fhan sé san árasán ag féachaint ar na rásanna. Bhí athrú déanta ag Aer Lingus ar thráth na heitilte ar ais abhaile agus ghlaoigh an gníomhaire taistil ar an mbaile á chur sin in iúl. Í féin a fuair an glaoch. Ghlaoigh sí ar uimhir na hiníne i Londain agus é féin a d'fhreagair.

'Corcaigh ag glaoch', ar sí leis féin, 'tá am na heitilte a bhí le fágaint amáireach athraithe agus fágfaidh an t-eitleán Heathrow anois ag

9.15 a.m. in áit 10.15 a.m. Deir an comhlacht taistil nach mór a bheith ag Heathrow uair an chloig níos luaithe.'

Chroch sí an fón.

Tá na mílte mionchomharthaí sa tigh nach dtuigeann éinne ach iad féin gurb ann dóibh, agus a dhearbhaíonn go bhfuil straitéis na ciotrúntachta fós faoi lán seoil. Dá dteipfeadh ar aon cheann acu, bheadh a fhios acu láithreach é. Saghas teanga phríobháideach do bhalbháin is ea a gcuid airnéisí tí. Bíonn a bhfios féin acu.

Tosaíonn sí ag gearán ar an aimsir ceann de na seachtainí a bhí go maith le breáthacht. 'Tá sé ina bhrothall le trí lá, an bhfuil tinneas éigin ort?' a fhiafraím. Ní heol domsa, cuairteoir, castacht dhriseacha a haigne. Ní chun na haimsire atá sí, ach chuige féin, tríom. Deir sí go bhfuil an crann ard sa ghairdín ag ceilt na gréine uirthi, agus an éireodh liom é a leagadh. Fad atá sé féin ina chodladh. 'N'fheadair éinne an ghrian atá ceilte ag an gcrann sin orainn le blianta', a deir sí. Mar chrann scátha a chuir sé féin os comhair an tí é. B'ionann é a leagadh agus scian nó tua a chur ina chroí.

Troid go bás é. Cuid dá ngreim ar a bheith beo i dteannta a chéile an chiotrúntacht. Tá slí aimsithe acu chun an saol a chaitheamh mar a mhaireann draighean nó dris nó eidhneán. Tá greim acu ar an saol trí dhealga na ciotrúntachta.

Nuair a chuirfidh duine acu an duine eile, an mbeidh curadhmhír na ciotrúntachta ag an té atá ag béal na huaighe? Nó fuascailt iomlán? Nó an mbraithfidh sé géarghoin uaigneas na ciotrúntachta ón uair go mbeidh a chéile comhraic san úir?

Seanchaí Mná

Suíonn sí siar in iomláine a toirt choirp sa chathaoir, á líonadh go bun na gcos léi féin. Í sa chúinne taobh leis an bpianó sa seomra suí, poll déanta sa bhia ar an mbord ag na haíonna agus iad os cionn a bplátaí thall agus abhus sna seomraí eile. Oíche scoraíochta. Tuathánach mná críonna, rua, ó gharbhchríocha an tsléibhe agus a saol caite aici i mbun siopa grósaeireachta sa chathair. Le linn a hóige, chaitheadh sí laethanta ag obair sna goirt i dteannta na bhfear, agus é de sheasamh aici i measc a muintire féin go raibh sí chomh tréan, aclaí le haon duine de na hoibrithe ar a bpá. Chuirtí fios uirthi amach as an gcistin tráth an fhómhair dá mbeadh an mheitheal gann. Í talmhaí, tíriúil, lá dar sheasas taobh léi ar chlaí tuaithe ar an ard, ag féachaint uainn ar an tír, bhraitheas cumhacht dhiamhair uaithi á fuilaistriú isteach i mo chóras féin.

Í i mbun seanchais an uair úd. Na babhlaeirí tamall fada uainn ina scáilchruthanna sa chlapsholas aniar ón nGleann, dhírigh sí m'aird ar na ráthanna a bhí fós gan ghlanadh ag meaisíní. Iad ann ina slabhra tréigthe lonnaíochta, faobhraithe ag an gclapsholas. Go tobann, d'oscail póirsí isteach san aimsir chianda os comhair mo dhá shúl, agus b'ionann inniu agus inné, inné agus inniu. Cos amháin agam san am anois díreach agus cos eile san am cianda. Bhíos ann, tríthise, chomh docht le dris. Bhíomar ann, lena chéile.

Maolú áirithe atá déanta ag an gcaidreamh cathrach ar a canúint. Tosaíonn sí ag trácht ar naíonán, mo mháthair, a saolaíodh aimsir an Fhliú Mhóir tar éis an Chéad Chogadh Mór.

'Saolaíodh í roim am, aimsir na Nollag, agus an fliú ag plabadh gach doras tí sa dúthaigh. Plá rábach. Bhí an t-athair agus an mháthair sínte ag an bhfliú, agus ní raghadh éinne i ngaobhar an tí ach éinne amháin... An mháthair chríonna anuas ó Ré na gCárthach a nocht sa doras. Bhí an mianach iontusan. Bean mhór ard, lom, neamhspleách. Mheas gach éinne ná mairfeadh an naíonán. Dhein sí burla di, d'ardaigh isteach sa chairt í, agus b'iúd léi an bóthar siar go tigh an tsagairt chun í a bhaisteadh. Pé beagán daoine a bhí amuigh, b'ait leo an burla a bhí fáiscthe aici lena brollach, é ag preabarnaigh le trupáil an phónaí siar. Níor theastaigh ó bhean tí an tsagairt í scaoileadh isteach thar tairseach.

'"What do you mean, interrupting my dinner?" a liúigh an sagart go grod ón bparlús.

Ghluais sí thar bean an tsagairt a bhí tugtha don mbraon agus dhírigh air féin thiar.

'"There'll be many more dinner-times for you but none for the *bunóc* if you don't get up from your plate and baptise her."

'Ní raibh aon eagla roimh shagart ná easpag uirthise, agus d'éirigh sé on mbord. Mhair an naíonán ar ndóigh. Dúirt an mháthair gur putóga muice fé ndeara dhi féin an fliú a fháil. Ardbhean ba ea í chun putóga dubha agus bána a dhéanamh. Í nuaphósta, theastaigh uaithi *impression* a dhéanamh ar an bhfear céile leis an gcéad mhuc tar éis pósta dóibh. Mharaíodar. Leathadar na putóga amach os comhair an tí, agus d'fhás líneáil bhán éigin orthu fén aimsir. Ón líneáil a fuair sí an fliú a chreid sí....agus níor dhein sí putóga riamh arís ina dhiaidh sin. Chreid daoine gur lagaigh an fliú an croí i ndaoine a thóg é. Lagaigh, leis, agus fuaireadar beirt bás go hóg....'

Ní hí féin amháin atá i mbun seanchais ach comhluadar. Is aigne chomhluadair í i mbun tráchtaireachta. I bhfaid na hoíche, siúlann na daoine atá lonnaithe ina ceann féin amach ar an urlár. Tá cónaí iomlán aici ina measc. Tráthanna agus í faoi lán seoil, glacann a cuid seanchais seilbh iomlán ar a corp agus insíonn an seanchas é féin tríthi. Idirghabhálaí agus scéalaí comhfhiosach in éineacht. Scéalta atá inste cheana aici, tá béim anois aici ar chasadh eile iontu. Braithim cuid den aoibhneas sin san éisteacht nach foláir a bhraith éisteoirí le seanchaithe agus scéalaithe fadó. Deineann sí móinéar dathannach den tsamhlaíocht. Is fuirist a shamhlú go mbeadh cathaoir áirithe ón lucht éisteachta oíche i ndiaidh oíche, nó radharc ar leith ar an seanchaí.

Greann agus cruas cuid mhór den tréithiúlacht dhaonna atá ina cuid seanchais. Gan aon ómós puinn do na húdaráis, dlíthiúla ná eaglasta. Fós, is bean an-diaganta í. Agus faoi bhun screamh na diagantachta, móinéar graosta.

A paróiste tuaithe féin an bunphointe tadhaill don iomlán, cé go bhfuil sí féin fágtha le seasca bliain. Bíonn sí ag cur lena tuiscintí de shíor ar an gcanfás sin. Tá canfás an domhain mhóir sínte ó shin aici ar fhráma an pharóiste. Leabhar a léigh sí ar Elizabeth Bowen, á rá gur mháistrí rince ba ea cuid den mhuintir sin, is léiriú breise é ar shinsearacht duine de na comharsana den tsloinne chéanna, mac le máistir rince.

'Bhí a chanúint beagán níos galánta ná caint na coda eile againn.'

'An raibh sé in Arm na Breataine?' a fhiafraím.

'Ní raibh. Éinne amháin sa pharóiste a chuaigh in Arm na Breataine, duine de mhuintir Warren.'

'An duine daonna', a deir sí idir babhtaí gáirí, idir scéalta.

'An duine bocht daonna.'

Na Géanna Fiáine

Leanaim na buíonta géanna fiáine ó thuaidh, iad ag filleadh abhaile ar a ngnáthóga féaraigh tar éis an gheimhridh theas i mbogaigh na Mississippi agus Louisiana.

Coscairt mhór thús an earraigh. An sneachta mór á leá ach é fágtha ina cheirteacha sractha ar bhóithríní coille tuaithe, nó ina naipcíní faoi sceacha agus binnteacha sa scáth. A bhfuil ann de na géanna! Iad ag tabhairt na gcor san aer, ag eitilt ceann ar aghaidh, ag imeacht thar agus faoina chéile, ag freagairt minicíochtaí inbhuíne dá gcuid féin. Oiread ann acu ina gceann agus ina gceann agus fós ina n-iomláine in aghaidh na spéire agus atá cora peannaireachta in aibítir Shíneach. Deineann siad lámhscríbhinn eitilte den spéir.

Tuirlingíonn siad chun an oíche a chaitheamh ar na machairí le hais Autoroute Jean Lesage a shíneann idir Montréal agus cathair Québec, ar an taobh theas den San Labhrás. Éigrití ina measc chomh maith, gile sneachta ina gclúmh brollaigh in áit an tsneachta atá glanta chun siúil.

Tugaim féin an oíche i dtigh aíochta Charlemagne i sráidbhaile le hais an Autoroute. Domhan díláithrithe Fraincise sna críocha tuaisceartacha. Bean agus fear a gcasaim orthu sa tigh aíochta, sloinnte Éireannacha aneas ó Louisiana agus Mississippi atá orthu, Sullivan agus Horgan. Cinniúint an bhóthair a thug le chéile sinn, agus iad an-oscailte ag caint orthu féin. Sinn suite ag bord ag caint os cionn ár mbéile, cuireann sí féin cóip ghlan d'aintín de mo chuid i gcuimhne dom, í talmhaí agus canúint Bhéarla Louisiana ina macasamhail de Bhéarla na tuaithe ag m'aintín. Na gutaí leaisteacha ceolmhara, is mó a bhíonn sí á bhfuineadh i ngogal as a béal ná á dteilgean. A suí coirp sa chathaoir faoi mar gur líonadh isteach inti í. É féin níos óige agus níos éaganta, hata *Boston Red Sox* air, é ag cur preab san ól nó an t-ól ag cur preabanna ann, thug saol suaite é ó Mississippi go California agus abhaile go dtí a sheanmhuintir féin i mBoston.

Fraincis Louisiana a labhrann an Súilleabhánach mná agus is geall le bheith ag éisteacht le Corcaíoch ó Mhúscraí ag caint le Conallach i nGaeilge, í a chloisint ag comhrá leis an bhfreastalaí. 'Sayingnone' agus 'saynan' acu araon ar an bhfocal *saignant* sa tslí go mbeadh an fheoil loiscthe faoin am go mbeadh deireadh ráite acu. Sna focail atá an fhuil. Gan aon Bhéarla ag an bhfreastalaí áitiúil, fiche éigin míle lastuaidh den teorainn idir na Stáit Aontaithe agus Québec. De bhunadh Acadien i Louisiana í an Súilleabhánach mná, agus gan aon tuairim faoin spéir aici i dtaobh na hÉireann ná aon spéis aici inti. Tá sí féin i Québec ar thóir a sinsear féin a tháinig ón bhFrainc ina searbhóntaithe agus sealgairí ag deireadh an Ochtú hAois Déag, agus a d'aistrigh síos abhainn na Mississippi go Baton Rouge tar éis ceann de na cogaí leis na Sasanaigh. Cónaí uirthi féin agus ar a muintir le fada riamh lámh le Lafayette, príomhchathair Chajun Louisiana.

Ag ceannach uirlisí garraíodóireachta atá Horgan, a deir sé, mar gheall ar luach íseal dollar Cheanada suas le dollar na Stát. Admhaíonn sé gur dhíbir a bhean chéile as an tigh é agus go bhfuil *time-out* á thógaint aige chun a mhachnamh a dhéanamh ar a chúrsaí. Bhuail sé bóthar ó thuaidh ó Bhoston ina SUV, agus ag imeacht leis le seachtain atá sé. Thug sé na hoícheanta go dtí seo i *motels* fan na slí ag féachaint ar chainéil *porn* teilifíse, ag tabhairt cuairteanna ar bhothanna óil agus *lapdancing* a bhfuil na ceantracha teorann idir an dá thír breac leo. Deir sé go bhfuil tionscal mór craicinn agus feola díreach laistíos den screamh i ndeisceart Québec, tiománaithe leoraithe agus *transients* ag bogadh ó áit go háit, ag lorg bheith istigh ó bheith amuigh sa saol. Neart drugaí le fáil, den uile shaghas ar an uilechostas. Tá sos á thógaint anocht aige sa tigh aíochta óna thuras buile. Lorgaíonn sé comhairle faoi thuras go hÉirinn.

'Samhlaigh Québec mar chlúdach ollmhór litreach,' a deirim leis.

'*I got that.*'

'Stampa poist is ea toirt na hÉireann i gcúinne an chlúdaigh.'

'*That's small.*'

Mairteoil ag an Súilleabhánach mná agus sailéad glas. Gloine den fhíon dearg. A folt dubh cas, agus culaith dhúghorm mátrúin. Brollach lán de fhlúirse. Bróiste ailigéadair ar a bóna. A haghaidh atógtha le maisiú tiubh. Na seoda óir gáifeach. Súile móra donna agus fabhraí damhán alla.

'Bhí tráth ann ná féadfainn cuimhneamh ar bhia gan sutha a dhéanamh díom féin. Andúil, a dhuine', ar sí, ag smearadh anlann na feola le blúire aráin, agus blas á fháil aici ar an gcogaint,...

'seacláidí, *french fries*, soitheach *Coke*, bhíos chomh séidte le cráin, aon rud ach an craos a shásamh.'

Tháinig anam breise inti agus spréach na bráisléidí faoin solas bialainne. Lig sí scairt gháire aníos as íochtar a boilg...

'Leathbhosca *cereal* an chéad rud ar maidin, gan an t-arán agus na cístí a bhac, béile bagúin agus uibheacha, gréis dhamanta a loit mo chroí. Dá n-éireoinn i lár na hoíche chaithfinn líonadh agus ansan dul agus an t-iomlán a chur amach ar mo dhá ghlúin ag poll an leithris. Bhí mo shaol gan riar ina raic, beirt mhac agus iníon sna déaga imithe le fán an tsaoil, m'fhear céile ar na rigí ola gan radharc air ar feadh ráithe, agus nuair a d'fhilleadh sé, gan radharc an uair sin féin air.'

Lig sí scairt gháire chroíúil eile. Bhí Horgan ag caitheamh siar beoir agus *shots* ag éisteacht léi.

'Agus cad a dheinis, conas a tháinig tú as?'

D'fhéach sí idir an dá shúil air, agus ghlan a smig le naipcín.

'Chuas isteach in OA, *Overeaters Anonymous*, agus d'iarras ar Phabhar níos cumhachtaí ná mé fein teacht i gcabhair orm i mo shaol.'

Lig sí scairt gháire eile. Chaith Horgan siar a ghloine biotáille agus d'ordaigh ceann eile.

'Tá tú ag baint do dhóthain sásaimh as do chuid bia anois, más ea', a deir Horgan.

D'fhéach sí caol díreach idir an dá shúil air.

'Ithim chun maireachtaint anois agus is milis liom mo chuid bia.'

Chroch Horgan ar na focail aici faoi mar go raibh rud á chlos aige den chéad uair ina shaol. Bhraitheas go raibh rud le rá acu lena chéile. D'fhágas slán acu agus thugas aghaidh ar an leaba.

Tá siosadh leanúnach ag an trácht ar an *autoroute* fliuch atá á shlogadh diaidh ar ndiaidh i gcrobh an chlapsholais. Téim a luí. Mar a dheineann na géanna fiáine lasmuigh d'fhuinneog ar an machaire, lena ngogalach deireadh lae sara neadaíonn siad an cloigeann in adhairt a sciathán don oíche.

Marú Seicteach Eile

Bhíos deich nóiméad luath ar shroichint Theach an tSagairt in oirthear na cathrach, agus thugas sracfhéachaint sa séipéal. Dhearbhaigh an chónra os comhair na príomhaltóra go rabhas san áit cheart. Bhí beirt fhear oibre ar a nglúine laistigh de dhoras ag leagadh tíleanna urláir, agus chuireadar na súile tríom. D'fháisc duine den bheirt a ghreim níos doichte fós ar an ngléas tóirseála gáis nach raibh lasta, ach nuair a d'fhiafraíos díobh cén t-am a bheadh an tsochraid ann scaoil sé a ghreim ar an toirt.

Tar éis Aifreann an mheán lae a chuirfí é.

Phléasc an sruth gáis ina lasair bheo nuair a chuir fear an tóirse splanc leis.

'Bí cúramach sa cheantar seo', ar sé, a ghuth ardaithe aige agus an lasair á maolú anuas aige chun dul ag obair ar na tíleanna. 'Ceapann cuid de chomhairle baile na háite seo gur moncaithe is ea sinne.'

'Tá eireaball mór fada thiar i mo thóin féin chun breith ar na géaga', a dúrt.

Níor gháir ceachtar acu.

Bhí cuma an-lom ar an gcónra. Fear sna daichidí luatha, lámhachta. Marú seicteach eile. Leath boladh an rubair sa séipéal ón tíleáil. D'fhanas sa séipéal, suite liom féin. B'aoibhinn liom boladh na túise i mo gharsún altóra, agus ansin á croitheadh amach as an oisteansóir sa draein ar chúl an tséipéil. Criostail nár loisceadh. Ní raibh na hoibrithe i bhfad i mbun a gcúraim, ach mhair an boladh rubair dhóite ina ndiaidh. D'fhágadar an doras ar leathadh chun an t-aer a scaoileadh isteach.

Fear meánaosta ag déanamh ar na trí fichid ba ea Eoin Ó Maoldomhnaigh, an sagart paróiste. Dúirt sé go mbeadh sé chugam láithreach nuair a bheadh a ghreim tugtha aige don chat. Threoraigh sé isteach san oifig mé, bosca cúng de sheomra. B'fhada ó thoirtéis é. Labhair an sagart go ciúin liom nuair a shocraigh sé isteach sa chathaoir uilleann.

Fear goilliúnach faoina gheansaí liath tí. Cothú an chait, ba é ba mhó a bhí mar chúram ar m'athair, leis, an aimsir seo. Teaghlach a shamhlaigh sé leis an bpobal beag Caitliceach sa cheantar agus é féin mar cheann teaghlaigh. Ba bhreá a d'oirfeadh garchlann tráthnóntaí Domhnaigh tar éis dinnéir dó.

Gan amhras, bhraitheadar faoi ionsaí leanúnach. Duine de na 'tairgéidí boga' ba ea an fear sínte sa chónra lasmuigh d'fhuinneog sa séipéal. Bhí a thrioblóidí féin aige ina shaol, ach bhí cruth curtha aige air féin le tamall. Aithne ag an gceantar ar fad air, bhí sé ar an drabhlás ar feadh na mblianta. É pósta le Protastúnach. Duine de dhruncaeirí an cheantair, thug an t–ól cead a chinn isteach agus amach as tábhairní na ndílseoirí dó. D'imríodh sé cluiche snúcair leo ar a sheal. Fiú geansaí Celtic a chaitheamh laethanta na gcluichí in aghaidh Rangers. Thugadar cead a chinn dó fad a bhí sé ar an ól. Nuair a d'éirigh sé as an ól a lámhachadh é.

Bhí leabhar seanchais as Tír Chonaill i mo mhála agam, *Saothar Mhicí Sheáin Néill*, agus shíneas chun an tsagairt mar bhronntanas é. Las a shúile le háthas agus thosaigh sé ag eachtraí dom i dtaobh a thurasanna féin ar an nGaeltacht thiar. Bhaineamar gáirí as a chéile ag athinsint sheanchas Mhicí dá chéile. Bhí aithne aige féin ar dhaoine muinteartha leis agus tháinig anam geanúil an tseanchaí sa seomra le hais an tséipéil.

Níor thugamar mórán aird ar chlog an dorais nuair a bhuail sé, má chualamar é, ach leanúint orainn ag caint. Cnagadh dian agus breacadh le doirne a chuir an sagart amach as an gcathaoir. D'fhógair sé orm gan bogadh. Bhí deifir ar dhuine éigin.

'*You're not goin' to burn my Daddy*', a chuala á rá cúpla uair ag ógánach ar thairseach an dorais. D'éiríos i mo sheasamh agus chonac trí na cuirtíní mo bheirt amuigh, balcaire tiufáilte fir agus tatúnna ar a ghéaga, i dteannta an ógánaigh.

'*You black Catholic bastard*', a dúirt mo dhuine agus d'fhógair an sagart paróiste air imeacht.

Bhí cuma liaite ar an Athair Ó Maoldomhnaigh nuair a d'fhill sé agus é ar crith. Dúirt sé go gcaithfeadh sé an séipéal a chur faoi ghlas, go raibh achrann faoin tsochraid idir an dá theaghlach a bhain leis an bhfear marbh. Mhíneodh sé an scéal dom ar ball ach chaithfeadh sé fios a chur ar na póilíní. Bheadh na ceamaraí teilifíse ag teacht, an t-easpag, agus bhí baol ann go rachadh an scéal in olcas. Fuadach coirp. Bruíon os comhair na gceamaraí.

Chaithfeadh an sagart a bheith ina bhainisteoir sochraide do na ceamaraí chomh maith le rud. D'imigh sé leis arís.

Bhí radharc ón seomra agam ar chlós an tséipéil, agus chonac an t-ógánach tuairim is dhá bhliain déag ag suí isteach i mótar i dteannta an fhir. An mótar lán d'fhir, an bulc bagrach fireannach sin i mótar a ualaíonn an fheithicil go talamh.

Réab *landrover* póilíní isteach sa chlós, an buinneán ag séideadh, agus gal rubair ó bhoinn an dara ceann á leanúint. Pháirceáladar ar dhá thaobh an mhótair, á theanntú. Léim na póilíní amach duine ar dhuine agus gunnaí á mbeartú acu. D'éirigh na fireannaigh amach as an mótar, ógánaigh, fir sna tríochaidí, seachtar acu.

Fear na dtatúnna a bhí ina urlabhraí acu, ba léir, agus é ag fógairt ar an sáirsint. É ag pleancadh an aeir lena dhorn, á dhíriú i dtreo an tséipéil, ach lean an póilín air á cheistiú agus é ag éisteacht leis gan a shúile a bhaint de. Fo-dhuine ag stánadh isteach trí na ráillí ón mbóthar mór.

Bhí saothar anála ar Eoin Ó Maoldomhnaigh nuair a d'fhill sé an athuair. Thit sé ina phleist sa chathaoir. Thairgíos tae a dhéanamh dó. Dhéanfadh an bhean tí é, nuair a thiocfadh sí, a dúirt sé.

Bhí an fear lámhachta scartha óna bhean chéile. Bhí an chlann ag maireachtaint leis an máthair. Theastaigh ón mbean chéile go gcuirfí i reilig áirithe é. Bhí sé socraithe le muintir an fhir go n-adhlacfaí i reilig eile é. Nuair a chuala an bhean chéile é seo, dúirt sí leis an gclann go mbeadh an t-athair á chréamadh. Uncail don ógánach, deartháir na máthar, a bhí ina theannta. Bhí deartháireacha an fhir mhairbh ag teacht chun na sochraide, leis, gan amhras. Baol mór clampair ann. Gan aon uacht déanta ag an bhfear marbh.

Ba é mian mháthair an fhir mhairbh go gcuirfí é san áit a bhí socraithe leis an sagart, sa reilig Chaitliceach. Ní dhéanfaí é a chréamadh, ach chuirfí sa talamh é. Bhí an chónra, ar a laghad, sábháilte anois sa séipéal a dúirt sé.

'Tá do dhóthain le déanamh agat gan mise a bheith mar chúram ort', arsa mise leis.

'Tá fáilte romhat fanacht leis an tsochraid', ar sé, 'ach beidh breis is uair an chloig fós ann.'

'B'fhearr dom imeacht agus ligean duit do ghnó a dhéanamh. Tá súil agam go bhfaighidh tú deis *Micí Sheáin Néill* a léamh ar do shuaimhneas.'

'A bhuí le Dia, beidh deis agam nuair a bheidh an gealtachas seo thart. Ná himigh amach ansin leat féin ar an bhealach mhór. Glaofaidh mé ar thacsaí duit.'

'Ní gá duit é.'

'*No, no,* níl sé sábháilte anois leis an achrann atá anseo agus aird an phobail orainn.'

Ba ghearr go mbeadh an tacsaí chugam. Dhruid Eoin Ó Maoldomhnaigh a shúile sa chathaoir uilleann. Bhog a liopaí, iad ar crith leis an suaitheadh, agus é ag urnaí faoina anáil. Cuma thraochta air, goin a bhí imithe go domhain ina bheo. Tar éis tamaill tháinig cuid den luisne ar ais ina ghrua seanfhir.

Bhí breis daoine cruinnithe ag na ráillí amuigh ag féachaint isteach i gclós an tséipéil. Mná agus málaí siopadóireachta acu. Cúigear nó seisear ban stadta ar an gcasán ag cadráil, lán d'anamúlacht, thóg bean óg amháin carn bananaí as a mála, dhírigh iad cúpla babhta i dtreo an ráille agus phléasc an slua ban amach ag scairteadh gáirí.

Leath a dtrithí ón mbóthar tríd an gclós a bhain macalla ard as an áiféis. Ghabh an trácht thar bráid. Shroich criú teilifíse an geata agus chuaigh i mbun oibre. Sheas na póilíní thart lena ngunnaí. Sceith gal as píobán cairr, inneall ag imeacht don teas. Scaip na mná i mbun a gcúraimí. Ghabh méireanna buíthe banana tríd an gcroí.

Leath na trithí ar mhinicíocht an-ard, i neamhchlos don chluas dhaonna. Leathadar tríd an aer ag dlúthú agus ag scaipeadh ina gcáithníní trithí. Leathadar gur bhaineadar dromchla éisteachta trithí amach.

Chualathas a nguí bhuí.

Ulster Fry

Na huibheacha friochta a chócálas dá lón a chuir an bonn muiníne faoinár gcaidreamh. Ó cheantar tréan dílseoirí i mBéal Feirste Thuaidh ba ea é, agus ba é an chéad uair aige é ag caitheamh aon tréimhse 'i dtír eachtrach na hÉireann' mar a thug sé féin uirthi.

Bhí sé tugtha faoi deara agam nár thaitin sailéad ná cáiseanna leis agus thairgíos *Ulster Fry* a dhéanamh dó. Dá mbeadh a fhios aige gur *Munster Fry* a bhí sé a ithe thachtfaí é.

Bhíos seasta ag an sorn, á insint dó go raibh deacracht agam le beirt charachtar i ndráma. Bhíodar i dtigh na ngealt. Eisean a d'fhuascail é.

'Cuir ag imirt *scrabble* iad', ar sé.

Thosaíomar ag gáirí. Eisean duine acu, mise an duine eile, ag aisteoireacht tamall ar urlár na cistine.

A athair a fhriotháladh sa tigh air, agus a mháthair a théadh amach ag tuilleamh mar ghlantóir. A athair a thug misneach dó chomh maith agus é ag tabhairt faoin tréimhse chónaitheach ó dheas.

Bhí sé naoi mbliana fichead agus ní raibh aon tsaoire cheart caite aige riamh lasmuigh dá cheantar dúchais, seachas cuairt ghearr nó dhó ar an nGearmáin. Bhí baint aige tráth le paraimíleataigh na ndílseoirí ach bhí a chúl tugtha aige le foréigean agus a aghaidh ar scríbhneoireacht.

Ministéir i gceann de na mioneaglaisí Protastúnacha ba ea deartháir dó agus thuigeas uaidh go raibh baint aigesean lena chur ar bhóthar a leasa. Ní dúirt sé liom cén eaglais a bhí i gceist ach labhair sé go húdarásach ar eaglais nó seict ina raibh cúig mhíle duine thuaidh agus gan de bhunús lena gcreideamh ach gráin ar Chaitlicigh.

Faoina fholt fionnrua, na gloiní tiubha, an siúl luascach sin, agus é bheith i leith na feola ábhairín, níor dheacair é a shamhlú ag máirseáil agus ag seinnt i mbanna druma-agus-fífe. Leagas uaim nuachtán an lae sin ar an mbord taobh leis, go neamhchúiseach, ach níor thug sé aird ar bith ar an gceannlíne faoi mharú seicteach beirt Chaitliceach eile fós.

'Conas a thaitníonn do chuid ubh leat... *sunny-side-up* mar a deir na Meiriceánaigh?'

'Níor chuala an nath sin cheana....bog, gan chasadh. Dhá cheann. Gan an phutóg dhubh a dhearmad...an ndeineann tusa do chuid cócaireachta féin?'

'M'athair a mhúin dom fadó é, agus táim riamh á dhéanamh.'

'Ní ligfeadh m'athair féin mé in aice leis an sorn.'

'Is fiú bheith ábalta déanamh duit féin....Conas a mhothaíonn siad...na gunnadóirí...tar éis duine a lámhach?'

'Díreach tar éis marú ab ea?'

Leathas spúnóg eile íle ar an mbuíocán.

‘Tá siad seo beagnach réidh…is fearr an chuid eile a choimeád breá te faoin ngriolla…Íosfaidh tú blúire práta is dócha?’

‘Bhreá liom é.’

‘Sea go díreach’, a dúrt agus mé ag casadh ina threo. ‘Tar éis marú. Is dócha go mbaineann siad na clubanna óil amach?’

Shearr sé a ghuaillí, shocraigh na gloiní ar a chaincín lena chorrmhéar mar ba bhéas leis, ó bheith cromtha ag scríobh.

‘Caitliceach eile marbh sa chogadh. Ní mhothaíonn siad aon chiontacht. Cén fáth go mothódh?’

Ba é an locht ba mhó a bhí aige orthu nár chomhlíon siad a gcuid orduithe i gceart go minic. Dá rachaidís go dtí tigh agus ordú acu fear amháin a mharú agus go lámhachann siad bean a fhreagraíonn an doras, gur chomhartha é sin go rabhadar chomh tiubh le bíoma.

I saol eastát na ndílseoirí, mheall an gunnadóir mná áirithe, agus b’in a raibh de chúis de ghnáth ag an bhfear óg dul leis na paraimíleataigh. Ina dhiaidh sin a tháinig teagasc idé-eolaíoch, bunaithe ar chinedhíothú agus ar ghráin. Bhí sé féin tar éis dul leis an nGearmáinis ar feadh tamaill agus spéis a chur sa néa-Naitseachas.

‘Seo, tá an béile ullamh.’

‘*Great stuff.* Tá sé seo chomh maith leis an mbaile.’

‘Suífidh mé féin isteach i do theannta.’

Duine díreach ba ea é agus thugas gean dó.

'Má thagann tú ar cuairt chugainn tabharfaidh mé timpeall san eastát tú', ar sé agus é ag fáisceadh stiall bagúin agus putóg dhubh i gcnap aráin.

'Má bhíonn cúis agam bainfidh mé amach tú.'

'Ní gá scáth ná eagla a bheith ort.'

'Tá eastáit mhóra i mBaile Átha Cliath agus i Luimneach atá ar aon dul leis...an coimhthíos sin....a bhraitheann sibhse. Ach nach bunús seicteach atá leis theas.'

'Bhfuil a fhios agat dá mbeadh foireann aontaithe sacair ann, anois ó tá dealramh domhanda le foireann na Poblachta, bheadh ceann de na foirne is fearr ar domhan againn.'

'D'fhéadfaí Ireland United a thabhairt air.'

'Ireland ab fhearr.'

'Tiocfaidh an lá.'

Briotanach ba ea é féin a dúirt sé, ach nuair a thagraíos d'fhoireann na Poblachta mar 'Ireland' tháinig conach air faoi mar gur chuid d'Éirinn, leis, ba ea Northern Ireland. Ó Bhaile Átha Cliath ba ea laoch a chlub féin, Linfield. Caitliceach ó Dhoire a goineadh Domhnach na Fola a bhí ina dhlúthpháirtí ag a athair agus ag a uncail. D'fhanadh sé i gcónaí lena mhuintir nuair a thagadh sé aniar. Ní raibh ann, a mheasas, ach sampla de ghréasán casta na ngaolta cleamhnais nár chruthaigh faic ar an mórscála caidrimh idir an dá phobal.

Cé go raibh drochmheas ó thalamh aige ar na polaiteoirí meánaicmeacha Aontachtacha, ní raibh aon fhreagra chun mo shástachta aige ar an bhfolús intleachtúil a bhraitheas, a dúirt mé leis, i gcroílár na Dílseachta.

D'admhaigh sé gur aineolas a bhí mar bhonn le mórán d'eaglaí na nDílseoirí. Bhain an t-aineolas céanna linne, a dúirt mé leis. Mheas sé féin go raibh na comharthaí bóthair sa deisceart dátheangach d'aonghnó chun mearbhall a chur ar Phrotastúnaigh an tuaiscirt.

'I gcás ionradh aduaidh, ab ea?'

Dheineamar scairt gháire.

Mhíníos dó gur chuid díom féin ba ea na scéalta a bhain le Cogadh na Saoirse in Éirinn. Gur Phoblachtánach mo sheanathair ar thaobh mo mháthar, ach go raibh an seanathair eile sna Bengal Lancers in Arm na Breataine. Ag féachaint i ndiaidh na gcapall sna haonaid airtiléire.

Ní raibh a fhios aige féin go raibh a leithéid d'áit ann agus Gaeltacht, ná aon rud eile a bhain le Gaeilge.

Fealsúnacht uasal ba ea an Poblachtánachas, a dúrtsa, bunaithe ar phrionsabail na saoirse, ar bhráithreachas, ar chomhionannas.

Las a shúile le fraoch nimhe. Ní fhaca solas dá leithéid riamh roimhe sin i mo shaol i gceannaithe duine.

'Ní thuigeann tú dada. Ní thuigeann tusa gurb é a thiomáineann sinne ná gráin. Gráin dearg', ar sé ag éirí chugam.

Sheas sé in airde, agus dhruid amach ón mbord. Spriúchta. Ní fhaca fairsinge na cistine i gceart go dtí sin. Bhí sé íseal ach tháinig anam borrtha ann a chruthaigh deilbh de féin lasmuigh dá chreat.

'Ní thuigeann tú gur rud álainn is ea gráin,' ar sé ag siosadh mar bhagún rósta trína fhiacla.

Bhraitheas na spréachanna gréise ag stealladh beo i m'aghaidh mar a bheinn seasta os cionn friochtáin.

'Is féidir le gráin a bheith níos áilne, sea álainn… a bheith níos… treise ná grá. Sea, táimid i ngrá le gráin. Táimse féin i ngrá le gráin. Tá cumhacht ann. Sea, tá cumhacht mhillteach sa ghráin. Níos cumhachtaí ná aon ghrá dar thugas riamh d'éinne. An dtuigeann tú é sin? An dtuigeann tú é sin?'

Na sea-nna á rá aige mar a bheadh sé ag taoscadh rud éigin aníos as íochtar a phutóg.

Baineadh siar asam, ach níor scanraigh sé mé. Ní chugamsa go pearsanta a bhí sé. Bhí an ghráin úd paiteolaíoch, geall le bheith gnéasúil. Bhí sé chomh dingthe ina lár le bior dearg iarainn. Fós, bhí sé teibí ar chuma a bhréagnódh an daonnacht.

'Braon eile tae?' a d'fhiafraíos de.

‘Tae? Tae, ab in uile atá agat le rá?’

Bhí súile boga na n-ubh pléasctha aige lena scian, an ghréis go léir smeartha le harán, curtha siar ina bholg.

Tháinig casadh i mo ghoile.

‘Sea, braon grámhar tae.’

Comhrá na nGunnaí

Bhí na raidhfilí socraithe go néata le hais an fhalla choincréite, ceann ar cheann acu ar sheastán dá chuid féin sa doircheacht in Uachais 5. Bhíodar ann ina n-ainmneacha pearsanta – an Spréiteoir, an Feallaire, an Steallaire, Geanc an Yeainc, an Naoscaire, an Glúnadóir, Macallóg. Is beag duine a thugadh a n-ainmneacha pearsanta orthu, ach nuair a dheineadh bhídís chomh ceanúil ar an té sin is a bheadh seanghadhar ar a mháistir.

Airmilítigh is mó a bhí ann ach bhí cairbín M60 ann, cúpla AK 47, gunnáin láimhe, piostail, lionsa naoscaireachta agus trealamh ilchineálach eile cogaidh. Ba í an bhliain ba dhíomhaoine fós le cuimhne aon cheann acu í, agus bhíodar cortha de na físeáin 'Diehard', 'Vengeance Bejaysus 95' agus 'Reservoir Dogs' ón siopa físeán sa tsráidbhaile máguaird i gCill na dTrodach. Bhí 'Pulp Fiction' féin feicthe acu ach ní mó a shásaigh sé sin iad ná 'Death Wish 40'. Bhí fonn ceart fola arís orthu, go háirithe ar an nglúin óg nach raibh scór bliain féin slán acu. Boladh an áir a bhí uathu, boladh coirdít an chartúis chaite, imeacht bán leis an gcnaipe leath-uathoibríoch. Nach raibh sé cloiste acu go dtéadh na pinsinéirí M60 bán i laethanta a n-óige féin i ngaineamhlach Nevada?

'Fág faoi na Libiaigh a bheith corrthónach...pléascann an dúchas trí bhéal an ghunna', a deireadh na M60í go fonóideach.

Bhí tuin láidir sráide Nua Eabhrac ar a gcaint acu.

'Níl faic sa cheann ag na Yeainceanna sin ach cearta pinsin agus saol faoin tor', a d'fhreagraíodh an Glúnadóir, ceannaire teasaí na nAirmilíteach.

'Cúis gháire chugainn', arsa an Naoscaire, seanfhondúir na M60í agus garmhac le Peter the Painter.

'Saol faoin tor? Nach faoi thor aitinn atá an Uachais?'

Lig comhghleacaithe an Naoscaire scairt gháire astu agus chaitheadar siar braon eile ola *3-In-One*. Shín an Naoscaire a stán go dtí an M60 ba chóngaraí dó, Geanc an Yeainc. Bhí mant bainte as a shrón. Steall sé glugar de phriosla amach trí bhearna ina fhiacla agus chuimil a bhos dá bhéal sular labhair sé.

'Is mó go mór fada na hoícheanta atá caite againne faoin tor ná sibhse', ar sé go searbhasach.

'Amuigh faoin tor ag feitheamh go foighneach go dtí go n-aimsímis saighdiúir i lár an chliabhraigh le hurchar. Oícheanta fada geimhridh agus an braon anuas sa leathchluais orainn, gan caipín féin orainn ach síorghliúcaíocht ar an sprioc i gcéin. Ní haon iontas é go bhfuilimid faighte meirgeach, righin roimh am. Níl duine againn nach bhfuil airtríteas na ngunnaí air. Nach in é an fáth go bhfuilimid ag síoról *3-In-One.* Táimid leathchaoch ón naoscaireacht. Bíonn orainn lionsaí gliúcaíochta a chaitheamh anois de ló is d'oíche chun aon ní a fheiscint. Tá ár sos saothraithe go daor againne a gharsúin. Tá sé in am againn cuid den tír seo ar throideamar ar a son a fheiscint. Locha Chill Airne agus Moll's Gap, Na Beanna Boirche....'

'Cad a thugann tú ar airtríteas gunnaí?' arsa Deisbhéal, splancaire óg a raibh seal tugtha aige ar na duganna i New Jersey.

'N'fheadar', arsa an Naoscaire.

'Arm *treaties*.'

Chaith sé an t-am dóibh ar a laghad. Ach bhraitheadar go léir uathu an dornfháisceadh muirneach sin, an t-allas bruite ag sileadh as clúmh ascaille leis an stoc, an tsiúráil sin nuair a luíodh corrmhéar ar an truicear, go scaoileadh steall te as a phutóga amach tríd an mbéal le luas lásair. Shantaíodar an tine chreasa sin as béal an bhairille a chuireadh ag seinnt iad sna seanlaethanta.

'Ar a laghad', ar siad lena chéile, 'bhíodh ábhar seanchais againn an uair sin, eachtraíocht, agus seans ar bhothántaíocht.'

Uachaisíocht a thugaidís féin air i mbéarlagair na ngunnaí, iad ag taisteal ó uachais go chéile, an turas suaite agus fir nó mná suite orthu i gcúl gluaisteáin ar chúlbhóithre, seans acu ar sheal a chaitheamh sa chathair, síneadh le ceathrúna agus colpaí ban agus iad ag brostú leo ó chúlchistineacha, trí lánaí, buinneáin ag séideadh, madraí ag tafann, ach iad féin strapáilte go cluthar le géaga ban.

'Ní rabhas riamh chomh díomhaoin', arsa an Glúnadóir leis an Spréiteoir.

'Ba bhreá liom aon philéar amháin a lódáil anois, aon philéar...ceann caoch fiú, agus é a scaoileadh uaim díreach ar mhaithe leis an m*bang* a dhéanfadh sé.'

'Níl a bhac ort', arsa an Spréiteoir, a raibh cáil an mhíchruinnis air agus a chuireadh a chuid piléar ar fad ar seachrán.

'Agus cé a bhainfidh an slabhra seo de mo chosa, a amadáin?'

'Níor chuimhníos air sin.'

'Cé a scaoil tusa isteach sna gunnaí ar aon nós?' arsa an Glúnadóir. 'Ba cheart tú a dhíbirt fadó riamh. Mangailte. I do spreas. Ar chuimhnís riamh ar dhul le ceird eile? A bheith i do chuid de gheata mar shampla, nó cnagaire dorais...'

'Chuimhníos ar a bheith i mo scríobóir buataisí tráth...tá's agat an píosa iarainn lasmuigh de dhoras cúil thigh feirme chun an cac bó a bhaint de *wellies* ach ní bhfuaireas mo dhóthain pointí san Ardteist chun fáil isteach ar an gcúrsa sa choláiste scríobóireachta...'

'Ornáidíocht! Níl iontu sin anois ach ornáidí. Conas a fuairis isteach sna gunnaí ar aon nós?'

'*Pull.* Focal sa chúirt.'

'Bhíos á chuimhneamh. Athoiliúint ar fad is ea é na laethanta seo', arsa an Glúnadóir. 'Sinn a chaitheamh isteach i bhfoirnéis, nó ár ngéaga a smiotadh le rollóirí. Sinn a mhúnlú as an nua mar bhlúire scafaill, nó insí dorais. Nílimse ag caitheamh an chuid eile de mo shaol i m'inse ag oscailt agus ag dúnadh doirse do dhaoine. *No way*, a bhuachaill.'

'Ba bhreá liom seans eile ar Chraobh na hÉireann sna Gunnaí', arsa an Spréiteoir. Aon chluiche amháin eile, sa chúinne.'

'Níl seans agat. Tá an cleas óg romhat anois. Glúin nua. Ar chuimhnís riamh ar an gCasachtán? Ar tháinig an páipéar fós inniu? Féachaint an bhfuil siad ag marú a chéile in áit éigin eile?'

'Cad faoi *Buy and Sell*, nó fógra in *Ireland's Own*?

'Anois atánn tú ag caint', arsa an Glúnadóir.

D'oscail an chomhla faoin tor aitinn agus shil solas an lae isteach ar feadh leathshoicind. Caitheadh nuachtán an lae isteach chucu. An Gliúcaire is túisce a fuair greim air.

'Moltaí nua dí-armála', a dúirt sé os ard.

Ligeadar go léir osna.

'Ní bheimidne inár dtost tar éis cúig bliana fichead', ar siad.

'Tá cearta ag gunnaí leis.'

'Tá. Tá ceárta dóibh chomh maith leo.'

Túir an Áir

'Ní bréag a deirim, bhíos ansan ar theorainn
Ghleann an duibheagáin is áitreabh slua róléanmhair
Mar a gcruinníonn síorologán 'na thoirnigh.
Ba dhorcha dhoimhin é i gceo do mhúch an t-aer ann
Chomh mór 's ná raibh, nuair 'dhíríos rinn mo shúl síos
Aon ní go cruinn le feiscint fén ndoiléireacht.
Insa domhan caoch seo téanam feasta ag tuirlingt.'

An Choiméide Dhiaga, Ifreann Dán IV

Lá. Meiriceá. Ár. Manhattan. Sléacht. Uafás. Túr. Cúpla. Ifreann. Sceimhle. Scáileán. Teilea. Teilg. Teilgean. Gráin. Scard. Eitleáin. Cogadh. Ollsmacht. Meánaoiseanna. Oidhe. Léan. Apacalaips. Caiticliosma. Cúpla. Ioslam. Críost. Dia. Allah. Meiriceár. Meiriceárláir. Meiriceáláiráir. Dearóil. Iarnuaois. Scrios. Léir. Doiléirscrios. Deamhain. Díoltas. Scamall. Aineoil. Gaisce. Babalóin. -óin. -áin. -stáin. Uzbeka. Tajiki. Paca. Afghana. Iar. Súd. Diúrac. Bith. Plá. Búbónach.

Dobrón. Laochra. Tine. Cine. Daonna. Íomhá. Tinechine. Bean. Fear. Leanbh. Naíon. Críon. Tubaist. Aibhéis. Bochtanas. Ocras. Bás. Lá. Géarghoin. Teach. Bánaithe. Léirscrios. Peinteagón. Draid. Cóir. Éag. Saint. Maoin. Ollmhaitheas. Stoc. Margadh. Mant. Clog. Bratach. Pléasc. Ór.

Corp. Lámh. Béal. Cluas. Méar. Súil. Liopa. Beol. Géag. Glúin. Croí. Ae. Fuil. Duán. Ioscaid. Colpa. Matán. Uillinn. Alt. Cnámh.

Easna. Droim. Guala. Leis. Ceathrúin. Muineál. Baitheas. Bonn. Cromán. Plaosc. Cos. Troigh. Teanga. Scornach. Sciúch. Gabhal. Broinn. Cneas. Fuil. Loisc. Inchinn. Cuisle. Dícheann. Gruaig. Radharc. Tadhall. Boladh. Ár. Gal. Galaithe. Sop. Fabhra. Mala. Ribe. Ionathar. Goile. Bolg. Putóg. Smear. Smeach. Smiot. Smid. Smúid. Smúit. Smionagar. Smidiríní. Smionagairidiríní.

Aon. Dó. Domhan. Ann. As. Aon. Dó. Domhan. Ann. As. Aon. Dó. Domhanannas. Domhan(ion)annas. Ionainn. Aondomhan. Meiriceá. Áis. Eoraip. Afraic. Artach. Ant-. Meiriceáiseorartafraic. Artáiseormeirceafraic.

Túr. Ard. Barr. Bia. Bricfeasta. Bagel. Brócaeir. Banc. Banna. Fráma. Spéir. Foirgneamh. Cruach. Coincréit. Gloine. Ríomhaire. Ardaitheoir. Urlár. Staighre. Éalaigh. Cumarsáid. Brúigh. Sáigh. Ionsáigh. Iontráil. Ionsaigh. Luas. Sárluas. Sceidealaigh. Scéimigh. Sruthaigh. Eisigh. Éisigh. Sábháil. Slándáil. Diosca. Bog. Crua. Earra. Bris. Scrios. Ús. Úsaireacht. Forlámhas. Cumarsádach. Díomas. Aráib. Sádach. Idirlíon. Ríomh. Ríomhaigh. Trádáil. Cóir. Fiacha. Dealbh. Ola. Gaineamh. Grán. Teic. Reic. Sprioc. Teip. Córas. Costas. Fón. Póca. Folamh.

Léim. Céim. Greim. Lámh. Beir. Cé? Céile. Léim. Cé léim? Céiléim. Aonléim. Duibheagán. Duibhaigéan. Cé? Smeartha. Smeachtha. Smiota.

Náisiún. Bearna. Réigiún. Bearna. Tír. Bearna. Seantír. Bearna. Sinsear. Bearna. Treabh. Bearna. Teanga. Bearna. Fál. Bearna. Cosaint. Bearna. Saor. Bearna. Daor. Bearna. Tíorán. Bearna.

Tráil. Bearna. Gunna. Bearna. Scréach. Bearna. Lámhach. Bearna. Piléar. Amhrán. Bearna. Athscríobh. Síocháin.

Maith. Olc. Dubh. Bán. Bun. Barr. Beo. Marbh. Gleo. Géar. Gol. Gáir. Géarchéim. Géarchúis. Géarghá. Géarghátar. Géarlean. Géar. An–. Anachain. Anacair. Anabaí. Anacal. Anacracht. Anacróir. Anchás. Anchaoi. Anchúis. Anchroí. Andóchas. Andúil. Angar. Anáil. An. Áil. Anáil.

Beatha. Bíog. Léas. Dóchas. Álainn. Lá. Téarnamh. Solas. Breacadh. Leathadh. Anáil. Isteach. Amach. Folmhaigh. Brí. Lig. Leis. Lig. Leo. Lig. Dó. Lig. Lig. Lig. Leis. Tóg. Tóg. Tóg. Uaim. É. Tóg. Tóg. Tóg. Uaim. Mé. Géar. Rá. Tús. Beatha. Rá. Lá. Paidir. Arís. Anáil. Gan. Aon. Fir. Bain. Ach. Tóg. Gach. Uaim. Mé. Go. Bhfuil. Déantar. Toil. Talamh. Sé. Do. Beatha. Tá. Lán. De. Grásta. Tá. Tiarna. Leat. Múin. Dom. Conas. Rá. Arís. Gan. Faic. Rá. Gan. Aon. Focal. Tost. Bheith. Ann. Go. Bhfuil. Mar. Tá. Gan. Aon. Mé. Ach. É. Bheith. Ann. É. Ann. Ionam. Ionainn. Gach. Neach. Beo. Dá. Bhfuil. Beo. Ar. Talamh. Guí. Grá. Grásta. Folmhaigh. Brí. Go. Bhfuil. Mar. Tá. Ionat.

Túr. Ár. Deor. Úr. Úrdheor. Túrdheor. Árdheor. Ár. Deora. Árthúr. Rí. Ártúr. Árís. Ár. Aois. Ár. Aois.

Guí. Gan. Eagla. Déan. Guí. Ar. Son. Marbh. Maraitheoir. Naíon. Críon. Maith. Olc. Dubh. Bán. Buí. Geal. Gorm. A. Bhfuil. Beo. Ar. Domhan. Aondomhan. Trua. Truaghaire. Truagháir. Trócaire.

Guí. Creid. Déan. Grásta. Túr. Grá.

Dé.